EIN PERRY RHODAN-TASCHENBUCH

HANS KNEIFEL

Die Pflanzenkaiserin

VERLAGSUNION ERICH PABEL-ARTHUR MOEWIG KG,
7550 RASTATT

PERRY RHODAN-Taschenbuch
erscheint monatlich in der Verlagsunion Erich Pabel-Arthur Moewig KG,
7550 Rastatt

– Originalausgabe –
Titelbild: Alfred Kelsner
Redaktion: Dr. Florian F. Marzin
Vertrieb: Verlagsunion Erich Pabel-Arthur Moewig KG, 7550 Rastatt
Druck und Bindung: Brodard & Taupin, La Flèche, Frankreich

Alleinvertrieb und Auslieferung in Österreich:
Pressegroßvertrieb Salzburg Gesellschaft m.b.H.,
Niederalm 300, A-5081 Anif
Einzelheft-Nachbestellungen richten Sie bitte an:
TRANSGALAXIS-Buchversand, Postfach 1127,
6382 Friedrichsdorf/Taunus
Lieferung erfolgt gegen Vorkasse (zuzügl. DM 3,50 Versandkosten,
Ausland DM 7,50) oder per Nachnahme (zuzüglich DM 6,– Versandkosten).
Abonnement-Bestellungen sind zu richten an:
Verlagsunion Erich Pabel-Arthur Moewig KG, 7550 Rastatt
Lieferung erfolgt zum Verkaufspreis plus ortsüblicher Zustellgebühr
Printed in France 1992
ISBN 3-8118-5203-5

WANN BEFREIT MICH DAS GROSSE FEUER VON DEN QUALEN? Die Hälfte aller Geschöpfe der Welt kann nur dank meiner Existenz überleben. Sie bevölkern meine Glieder, den Schatten und die Erde zwischen meinen Wurzeln.

Der Kontinent, auf dem ich mich seit Äonen ausbreite, speichert die Hälfte allen Wassers. Wachse ich weiter, droht unausweichlich die weltgroße Katastrophe. Gibt es Hilfe, Heilung, eine Veränderung meines Zustandes?

Einst kam das Leben aus dem Wasser; ich breitete mich auf leblosem Land aus, krallte mich an nacktem Fels fest, bis die ersten grünen Triebe der Sonne entgegenwuchsen. Unzählige Jahreszeiten später bedeckten meine Nachkommen das feste Land; ich bestand aus vielen Arten und lebte Äonen lang allein und ungestört zwischen Werden und Vergehen, Blüte und Vermodern – machtvolle Herrscherin über Myriaden unabhängiger Teile.

Aus den Wolken regnete die unsichtbare Krankheit, die mich mit den Wurzelwesen der Welt verband und zwang, zu wuchern und jeden Fleck auszufüllen. Ich, die kaiserliche Herrscherin, wurde zur Dienerin. Mich und die Geschöpfe in meinem Schatten machten sie zu Sklaven.

Ich warte. Ich kämpfe mit allen Zellen gegen die Wachstumsseuche. Widerstand gegen die Fremden ist ebenso sinnlos wie der Versuch, mein Wachstum selbst zu beschränken. Der nächste Blitzschlag, ein Feuer im Sturm, können mich und meine Schützlinge vernichten – noch ringe ich gegen die Große Katastrophe und gegen meinen Selbstmord: – denn meine Schutzbefohlenen sind Menschen, so erfuhr ich von Fremden aus Welten über den Wolken.

ICH WARTE: AUF HILFE UND RETTUNG; DAS GLOBALE VERHÄNGNIS WIRD JEDES LEBEWESEN TÖTEN.

ICH WARTE . . .

1.

PLANET LOST DIAMOND, 4. DEZEMBER 2399 STANDARDZEIT; 23.00 UHR. Leise summte die raumhohe Glassitplatte zur Seite. Kühle Nachtluft brachte Gerüche frisch gemähten Grases und einen Hauch von Seewasser und Tang in den runden Arbeitsraum, verbrauchte Luft zog zur Terrasse und ließ das Bild des Mondes zittern. Gelb und voll schwebte Flowers inmitten der Milchstraße. Uslan Grandonet hustete, rief mit der Tastatur einen Block zusätzlicher Informationen auf und ging quer über den weißen Teppich bis zur Brüstung. Er atmete tief ein und aus; die Sterne flimmerten und drehten sich vor seinen Augen. In den Kniegelenken stach pulsierender Schmerz. Der Planetare Administrator schleppte sich zum Schreibtisch, hielt sich an dessen Platte fest und zog sich bis zum Sessel. Die farbigen Kontaktfelder schienen zu tanzen, er konzentrierte sich keuchend auf das rote Quadrat und stieß die Finger darauf. Sekunden später stürzten drei ertrusische Leibwächter in den Raum. Grandonet röchelte:

„Schnell. Ruft den Arzt. Wenn es zu spät ist – verständigt meinen Freund!"

Der Alarm verwandelte die Zone um den Klippenturm in einen Alptraum aus zuckenden Lichtern, Sirenengeheul, hastenden Gestalten und startenden Gleitern. Grandonet schwankte vorwärts. Ehe sein Kopf die Tastatur berührte, fing ihn der riesige Ülm Kethian auf und trug den schlanken, weißhaarigen Mann hinüber zur Sitzlandschaft. Absätze klapperten auf der Wendeltreppe, als Charedh herunterkam, den grau gekleideten Ertruser anstarrte und zu Grandonet rannte.

„Uslan! Liebster . . . Was ist passiert? Dein Gesicht; Ich bin's, Charedh – du darfst nicht sterben . . ."

Türen flogen auf. Der diensthabende Arzt, hinter sich einen blinkenden Medorobot, rannte auf die Liege zu, schob die schwarzhaarige Frau zur Seite und beugte sich über Grandonet. Gelber Schaum stand auf den Lippen des Administrators, der schlanke Körper zitterte bis zu den Zehen. Die Maschine setzte ihre Sonden und Rezeptoren an, während der Arzt mit eiskalten und heißen Tüchern abwechselnd Hals, Brust und Gesicht abwischte. Ülm nahm Charedh an den Oberarmen, zog sie zwei Schritte zur Seite und flüsterte:

„Wir können nichts tun. Das ist Sache des Doktors. Der . . . Anfall kam ganz plötzlich, nicht wahr?“

„Wir waren am Nachmittag schwimmen. Uslan ist kerngesund. Ich habe gerade den Tee für ihn zubereitet.“

Der Vocoder des Roboters unterbrach sie.

„Die Symptome deuten auf Vergiftung hin. Gegenmaßnahmen sind eingeleitet. Pulsfrequenz steigend.“

Der Arzt versuchte, Grandonet festzuhalten. Er zuckte konvulsivisch, der Schaum färbte sich grünlich, und das stockende Murmeln wurde undeutlicher, aber lauter.

„Charedh. Wo bist du? Ich sehe dich nicht. Ruf Atlan an und sag ihm: sie haben mich vergiftet. Niemand war auf der Terrasse.“ Seine Lider öffneten und schlossen sich, jeder Muskel verkrampfte. Mit zitternden Fingern tastete er umher. Charedh legte ihre Finger in seine Hand, deren Haut zu glühen schien. „Die Spur . . . nach Lepso. Toyrotto. Gib auf dich acht, mein Liebstes . . .“

Ein Schrei schwoll an, wurde schriller und riß ab. Der Körper Grandonets krümmte sich zusammen und schleuderte die Robotarme, den Mediziner und Charedh zur Seite. Sie brach sich fast das Handgelenk, ehe sich der Griff der Finger löste. Aus dem Mund des Sterbenden drang ein dünner Hauch, als sei es Winter; der Atem roch nach Verwesung, Azeton und altem Schweiß. Als Grandonet starb, verschwand die Muskelstarre, und sein Gesicht schien jünger zu werden, und friedlicher. Der Medorobot hörte zu blinken auf, zog seine Instrumente zurück und sagte: „Exitus!“

Ülm Kethian deutete auf den Arzt und die anderen Wächter. „Verlaßt die Administration nicht. Ich verständige die Planetare Polizei; sperrt sämtliche Zugänge ab und kontrolliert die Gleiter. Unser Chef ist vergiftet worden. Ich will seinen Freund verständigen.“ Er machte eine Pause und musterte den riesigen, runden Raum; Hirn und Herz des Planeten Lost Diamond. „Ich bin sicher, er meint damit den Chef der USO.“

„Atlan ist einer seiner besten Freunde“, sagte Charedh, ohne den Blick zu heben. Sie nahm den Arm Grandonets hoch und legte ihn über die Brust des Toten. „Warum haben sie ihn umgebracht? Wer war so hinterhältig?“

„Wird sich herausstellen, First Lady“, sagte Ülm. „Ich sage nur, was die Polizei und, falls Atlan sie einschaltet, die Leute von der USO sagen würden: nichts anrühren, keine Beweise vernichten. Charedh – gehen Sie wieder nach oben. Wir können hier nichts mehr tun. Ich bringe Sie zurück, ja?“

Charedh Grandonet senkte den Kopf. Ülm blickte auf die Uhr, sah dem Arzt nach und nickte Charedh zu. Schweigend gingen sie die Wendeltreppe hinauf in den Wohnbezirk. Die junge Frau, deren Haut eine Spur heller als das Rotbraun des Ertrusers glänzte, blieb vor dem Fenster stehen und starrte ihr Spiegelbild an. Ülm breitete die Arme aus und sagte:

„Sie sind hier sicher, Charedh. Ich kümmere mich um alles. Es kommt, das wissen wir, eine schlimme Zeit – Atlan wird tun, was er kann.“

„Danke, Ülm.“ Sie drehte sich langsam um, mit maskenhaftem Gesicht. Sie hatte sich völlig in sich selbst zurückgezogen. Ihre Augen blickten durch ihn hindurch. Die zitternden Finger verrieten ihre Anspannung. Der Leibwächter ging hinunter und wollte sich vor das Terminal setzen. Rechtzeitig dachte er an seine Ausbildung und an die eigenen Befehle, benutzte die Rampe entlang der runden Turmmauer und setzte sich neben Rao Grimswod.

„Gift.“ Die Hyperfunkverbindung stand noch nicht. Die holografischen Monitoren zeigten die Eingangshalle mit den verschlossenen Türen und den Blick ins Polizeicenter. „Also ist der Mörder unter uns allen zu suchen, nicht wahr?“

Rao, die Pranken über der Tastatur, lächelte eisig.

„Unter allen, die in Uslans Nähe kommen konnten. Einschließlich Charedh und uns. Welches Gift? Vielleicht war das Zeug seit Monaten oder Jahren hier! Und wo war's versteckt?"

„Warum? Grandonet war beliebt wie kein anderer vor ihm. Er hat Diamond zu dem gemacht, was der Planet ist – ein Paradies."

„Und das hat jemandem nicht gefallen. Es ist, wenn du ein bißchen von Geschichte verstehst, das alte, böse Lied." Rao Grimswod hob grüßend die Hand, als auf dem Bildschirm eine Frau mit kurzem schwarzem Haar zu sehen war.

„Bevor ich durchschalte, brauchen wir hier eine nachprüfbare Identifizierung. Planet Lost Diamond?"

„Sonne Sigma Raphis", sagte Rao. „Vor elf Minuten wurde Administrator Uslan Grandonet nach Meinung des Arztes durch Gift ermordet. Die First Lady Charedh lebt. Die Administration wurde abgesperrt; wir warten auf die Polizei. Unser Chef konnte gerade noch sagen, daß die Spur nach Lepso führt. Zu Toyrotto? Wir sollen seinen Freund benachrichtigen. Lordadmiral Atlan. Wir wollen uns so korrekt wie möglich verhalten, also sagen Sie Ihrem Chef, was der Administrator noch zu sagen hatte." Er zögerte zwei Atemzüge lang. „Giftmord, Kollegin. Ich bin sicher, daß auf unserer Welt niemand imstande ist, den Mord aufzuklären."

„Warten Sie eine Sekunde . . ."

Das Bild wechselte. Die Ertruser sahen überrascht in Atlans Gesicht und grüßten. Der Arkonide war augenscheinlich eben aufgeweckt worden. Er raffte den Kragen des Bademantels am Hals zusammen und blinzelte. Seine Stimme war rauh.

„Ich habe zugehört. Uslan war mein Freund, Charedh und er wohnten vor der Heirat bei mir. In ein paar Stunden meldet sich ein Spezialist bei Ihnen." Atlan blickte nach rechts und hatte offensichtlich Informationen abgerufen. „Marnier Yrr, sehe ich, macht Urlaub auf Diamond. Ich schicke ihn in die Administration. Wahrscheinlich kümmere ich mich selbst um den Fall – und um die First Lady. Nichts anrühren, keine Winzigkeit verändern. Gibt es Schwierigkeiten, wenden Sie sich wieder an Miss Decaree Moonthorne, klar?"

„Klar, Sir." Die Ertruser grüßten. „Yrr soll sich an mich, also Kethian, Grimswod oder Ugsborg wenden. Wir warten."

Die Sekretärin des Lordadmirals spielte das Bild eines mittelgroßen, sehnigen Mannes mit kurzem, grauem Haar ein und trennte die Verbindung. Ülm lehnte sich zurück. Er rieb sein Gesicht mit beiden Händen, massierte die Schläfen und strich über die Sichellocke. Rao zapfte aus dem Automaten zwei Thaccom, rührte Cuzzlact hinein und deutete zur Decke. Leise sagte er, als die Becher auf dem Pult dampften:

„Wenn sich Atlan selbst um den Mord an unserem Chef kümmert, ist es alles andere als eine Sache des Planeten, Rao."

Sie starrten einander schweigend an und warteten lange. Die Schiebetür glitt zur Seite. Torr Exerts, der zwei Uniformierte und drei Polizisten in Zivil vor sich herschob, wies mit ausgetrecktem Arm auf einen Mann in Freizeitkleidung, der einen abgewetzten Handkoffer trug.

„Spezialist Marnier Yrr." Der Ertruser überragte die Männer um mehr als zwei Köpfe. „Wahrscheinlich sind wir alle in einigen Stunden nicht glücklicher, aber etwas klüger."

OUINTO-CENTER, VERWALTUNGSEBENE: Ich lehnte mich zurück. Meine Finger huschten, ohne daß ich nachdachte, über die Tasten. Mein Freund Uslan Vlare Grandonet, ehemaliger Spezialist der United Stars Organisation: ermordet. Seine Frau Charedh war allein. Ich vermochte mir ihren Schmerz vorzustellen, und wie alles im Licht der Sterne hatte auch dieser Mord – ich zweifelte keine Sekunde lang, daß es Mord war! – eine lange, komplizierte Geschichte. Der Logiksektor flüsterte eindringlich: *Die Verbrecherclique von Lepso steckt hinter allem. Staven ay Toyrotto, der Sklavenmeister, mag mächtig und skrupellos sein, aber er ist nur einer von vielen, der mit archaischen Methoden für finanziellen Nachschub sorgt. Denke an das akonische Energiekommando! Wie du weißt, hat Uslan seine Frau am Spielpool auf Lepso gewonnen. Eine von Tausenden Sklavinnen und Sklaven. Bis heute kennt die USO den Zuchtplaneten nicht, und wenn Toyrotto fürchtet, daß seine Gehirnwäsche nicht reicht, wird er die Zeugin Charedh – auch töten lassen.*

Ich schnippte mit den Fingern. In meinem Magen bildete sich ein harter, eisiger Klumpen. Spezialist Marnier Yrr war absolut zuverlässig. Die Dossiers der drei ertrusischen Leibwächter, von der Personalabteilung inzwischen zweimal überprüft, zeigten mir, daß mein Freund sehr zuverlässige Männer um sich geschart hatte. Grandonets Charakter war lauter wie Platin, seine Laufbahn kannte fast nur Höhepunkte, und Lost Diamond konnte sich keinen besseren Administrator wünschen. Ich ahnte, nein, ich wußte, daß der Mord der Anfang einer Katastrophe war, der scheinbar nebensächliche Beginn einer Entwicklung, die ebenso zum kosmischen Desaster führen konnte wie andere rücksichtslose Angriffe jener unidentifizierbaren Gangsterorganisation. Ich rief die Informationen über die Sklavin Charedh ab, Nummer W2391 in Toyrottos Katalog: vielleicht hatten wir trotz aller Sorgfalt etwas übersehen.

Charedh zitterte vor Angst und Anspannung, als sie ein Glas mit schwerem Rotwein füllte und am Rand der Dachterrasse stehenblieb. Ihr einziger Schutz, ihre große und einzige Liebe, Uslan, war tot. Sie war, das hatten Atlans Wissenschaftler festgestellt, einunddreißig Jahre alt; nach Maßstäben terranischer Physiologen. Sie erinnerte sich an weniger als zehn Jahre bewußten Lebens. Es waren die schönen, guten und – einzigen lebenswerten Jahre gewesen. Der erste Punkt ihrer Erinnerungen war Lepso. Zusammen mit anderen jungen Frauen und Männern war sie in den engen Zellen eines Raumschiffs, in ungewöhnlichen Räumen voller Lautsprecher und ebenso seltsamen Geräten, in Ateliers, Zimmern, an Schwimmbecken und in prunkvollen Sälen gewesen, prächtig gekleidet, parfümiert, mit Modeschmuck behängt. Aus ihrer Gruppe verschwand einer nach dem anderen. Spurlos. Sie hatte zugesehen, wie fette Männer um unglaublich hohe Summen gespielt hatten; zwischen den Widerlingen sah sie einen Spieler, der kühl spielte, meist gewann und hinter der massiven Fassade seiner Souveränität zunächst liebenswert lächelte. Später, als man ihm Charedh als Spielgewinn anbot, erschrak er, sprach lange mit ihr und gewann sie schließlich als Höchsteinsatz. Es dauerte länger als ein halbes Jahr, bis sie Uslan kannte und ihm vertraute; sie verliebten sich und gingen den Ehevertrag ein. Zwei Jahre später erfuhr sie, wer er wirklich war.

Sie spürte nicht, daß sie teuren, schweren Wein trank. Zwischen den Schulterblättern lief kalter Schweiß. Vor Charedhs Augen begannen der Mond und die Sterne einen lautlosen Reigen. Sie dachte an Lordadmiral Atlan, der kein Terraner war und sie beide besser verstand als jeder andere.

„Jetzt bin ich allein." Sie flüsterte und hob den Pokal. „First Lady! Ob Atlan mir helfen kann?"

Die Sterne und der volle, gelbe Mond beschrieben Spiralen in der nächtlichen Schwärze. Ihre Fingerspitzen wurden gefühllos. Von einem großen Glas Wein wurde sie nicht betrunken. Sie merkte, daß sie schwankte, und setzte sich zögernd auf den breiten Rand der Brüstung, lehnte sich an das gemeißelte Steingeländer. Trauer, Verzweiflung und völlige Orientierungslosigkeit hielten sie gefangen. Ihre Zukunft lag in absoluter Schwärze. Wieder dachte sie an Uslan und sein ausdrucksloses Gesicht. In ihrem Körper wühlten kurze, stechende Schmerzen. Sie leerte das Glas und stellte es auf den Stein. Der Horizont, angedeutet durchs Meer und die Lichter der Stadt, kippte nach rechts und wieder nach links.

„Mir ist übel", flüsterte sie. „Vorhin war doch noch der Arzt da . . . Ülm wird mir helfen."

Sie setzte einen Fuß vor den anderen und tappte schwankend über die Terrasse, dem milden Licht des Wohnraumes entgegen, auf die Liege und die Sessel zu. Der Schmerz ließ sie aufschreien. Die Mundhöhle trocknete aus, im Gaumen und auf der Zunge schien Feuer zu brennen. Ihr Atem ging fauchend und rasselnd. Ihre

Gedanken verloren sich in wirren Mustern; sie zwang sich, tief Luft zu holen und gellend zu schreien. Sie kippte nach links, zog die Knie bis ans Kinn und umfaßte die Schienbeine. Wie durch einen Nebel hörte sie die schweren Schritte eines Leibwächters auf der Treppe. Sie versuchte den Mund und die Augen zu schließen und spürte kochende Glut und eisige Kälte, einen rasenden Wirbel und die Sicherheit kommender, langer Ruhe. Rao Grimswods dunkles Gesicht verschmolz über ihr mit der Umgebung, und sie hörte sich flüstern:

„Mich haben sie auch vergiftet, Rao."

Fast lautlos glitt die Spitze des Stiftes über die Folie. Marnier hielt inne, überlegte und schrieb weiter. „Der achtzehnte Stern der Konstellation oberhalb der galaktischen Zentrumsebene. Sigma Raphis besitzt fünf Planeten, und die vierte Welt ‚Verlorener Diamant' mit dem schönen Mond Flowers ist reich an Natur- und Bodenschätzen, in akzeptabler Entfernung von Krisenregionen und dennoch ein Platz regen Handels. Hier auszuspannen, Urlaub zu machen, sich zu erholen, ist ein Vergnügen das durch nichts getrübt wird."

Er grinste und sah, daß die aufgesprühte Schicht über den Ecken des Arbeitstisches zu trocknen begann. Sein Blick glitt über die surrealistischen Bilder an den gerundeten Wänden. Als er die Titel las, zog er die Schultern hoch, als friere er: *Aufnallender Fischfang zwischen finalen Wolken; das pürnige Gedeck zur tiefen Nacht; trälliger Fjord, vertikal getunt.* Er grinste unbehaglich; der Tote, sagte er sich, hatte abseits seines gutbürgerlichen Lebens einen feinen, makabren Geschmack kultiviert. Gift, dachte der Spezialist, tötet listig und lautlos – die wirrste Phantasie versagt beim Versuch einer klaren Analyse. Er starrte halb ratlos die Schreibstiftspitze an, blätterte um und schrieb:

„Gifte, deren Anwendung den Urlaub eines USO-Mannes jäh beenden können, haben in den Jahren seit Rhodans Landung auf dem Mond eine keineswegs wundersame Vermehrung erfahren. Auf jedem neuentdeckten Planeten gibt es Substanzen, die (natürlich vorkommend oder kompliziert aufbereitet) die Entdecker umzubringen vermögen. Und wo eine Nische definiert wird, finden sich Substanzen, die sie besiedeln. Nicht nur Mund, Rachen, Lungen und Verdauungskanal, sondern jeder Quadratzentimeter der Epidermis ist eine weit offene Pforte für Gifte. Die Steigerung sind Zweikomponentengifte: jahrelang speichert sich ein Teil im Organismus, und wenn etliche Moleküle eines zweiten dazukommen, sind jähes Leiden und qualvoller Tod unausweichlich. Die perverse Steigerung sind Drei-, Vier- und Fünfkomponentengifte. Giftmischer sind höchstbezahlte Spezialisten, und ein solcher war hier zweifellos erkennbar am Werk."

Marnier Yrr hatte jeden einzelnen Gegenstand – etwa zweihundert – im Arbeitsraum Grandonets untersucht und seine schwierigen Tests gemacht; bisher erfolglos. In vier Stunden ging die Sonne auf. Er rechnete nicht mit einem schnellen Erfolg bei einem solch prominenten Opfer. Er bevorzugte, weil ehrliches Schreiben die Gedanken disziplinierte, die Einträge in sein Notizbuch, sonst hätte er die Tastatur von Uslan Grandonets Terminal benutzt. Er ließ den Stift fallen, sprang auf und näherte sich vorsichtig dem Terminal. Er sprühte die Tasten und Regler ein und war nunmehr sicher, daß er in diesem Raum nichts vergessen hatte. Das halbtransparente, einem Spinnennetz ähnelnde Gewebe verfärbte sich langsam.

„Im Fall Grandonet könnte, unbeabsichtigt vom Putzroboter, die Oberfläche der Tasten mit Komponente A imprägniert worden sein. Zwanzig Jahre lang hätte das Opfer an dem Terminal arbeiten können, ohne mehr zu spüren als leichten Hustenreiz. Ein Schluck aus einem Glas, einige tausend Moleküle der Komponente B, und der Tod ist unausweichlich. Aber es kann ebenso die Haarbürste sein, eine Zigarette, der Lippenstift der Ehefrau beim Kuß – der Phantasie sind keine Grenzen gesetzt."

Yrr stand auf und begann den vorläufig letzten Rundgang durch den Raum, vorbei an einigen Planetenkarten, zwei Dutzend unterschiedlich großer Monitoren, etlichen Einbauten und dem Üblichen: Sitze, Liegen,

Tische und Lampen. Er hatte nichts vergessen und blieb vor der Tastatur stehen. Er sah, daß sich die Folie über jeder Tasten-Kontaktfläche violett verfärbt hatte.

„Atlan wird fluchen", murmelte er. „Das ist es."

Noch ehe er nachdenken konnte, welche Komponente zu diesem Gift passen würde, hörte er den gurgelnden Schrei und sah, Sekunden später, zwei Ertruser auf der Wendeltreppe in den Wohnbezirk hinaufrennen.

Drei Tage später schrieb er: „Hier herrscht ein wildes Durcheinander, das meine Arbeit erschwert. Das Gift A (für den Mord am Administrator) war auf die Terminaltastatur aufgebracht. Gift B, das ihn tötete, befand sich im Sonnenschutzöl, mit dem ihn die First Lady einrieb. Neun Stunden nach dem Sonnenbad am Korallensandstrand Malfacco war er tot. Der Name des Duo-Giftes ist Sycarax; es wird auf Lepso – aber nicht nur dort – gehandelt. Es ist exorbitant teuer."

Er zündete sich eine Zigarette an und blickte hinunter in die riesenhafte Bucht, deren wolkenweißer Strand, zwischen Felsen, schroffen Kaps, den Molen des Hafens und Uferwaldungen mit Brandung, kleinen Booten und Sonnenschirmen sich bis zu beiden Enden des Blickfeldes erstreckte. Die First Lady war eine der schönsten Frauen gewesen, die er je gesehen hatte. Selbst im Tod strahlte sie exotische Schönheit aus; das Bild ihres starren Gesichts riß tief in seinem Inneren Wunden der Erinnerung auf, die er seit drei Jahrzehnten vernarbt geglaubt hatte. Er zwang sich dazu, den Bericht für Atlan fertigzuschreiben:

„Es war nicht leicht, die Gifte zu identifizieren, denen die First Lady zum Opfer fiel. Die pathologische Abteilung der Universität Raphis Diamond stellte fest, daß Komponente A als Depotkapsel im Kreislauf Charedh Grandonets zirkulierte, und daß die zweite Komponente im Wein enthalten war, in die Flasche injiziert.

Das Originaletikett (Chateau le Sagittaire, Beauvallon, France, Terra, Appellation Coteaux du Cotes du Var, A.D. 2389) muß als Hinweis dienen. Die Flasche trägt die Nummer 363162, und der Vertriebsweg bei einem solch teuren Produkt kann von USO-Sommeliers unschwer zu verfolgen sein. An einem der Umschlagspunkte ist Giftkomponente B, geschmacksneutral, in den Wein eingebracht worden."

Er überlegte lange, ob er etwas vergessen hatte oder eine Kleinigkeit hinzuzufügen war. Er fand nichts. Trotzdem blieb er noch im Turmbauwerk der Administration, bis er absolut sicher war. Ihm ging das schmale, wunderschöne Gesicht der jungen Toten nicht aus dem Sinn. Ob er seinen Urlaub abbrechen würde oder nicht, wußte er auch nicht; die Freude an weißen Stränden war ihm ziemlich verdorben. Er schloß seinen Koffer und wartete schließlich mißmutig im Gästehaus der Administration auf Lordadmiral Atlan, seinen Vorgesetzten.

AN BORD DER ARCA DREIZEHN: Wir rasten jetzt schon zum elftenmal um den Planeten, in geringer Höhe, und ich richtete meinen Blick auf die verschiedenen Monitoren der Panoramagalerie. Lost Diamond war ein Paradies, wie Terra und Hunderte anderer Welten. Ich legte die Hand auf Girard Kjeells Unterarm.

„In drei Jahren sind Neuwahlen. Bis dahin, Girard, übernehmen Sie kommissarisch den Job meines Freundes. Es ist eine schöne Welt, deren Verwaltung keine übertriebenen Schwierigkeiten machen dürfte. Brauchen Sie Hilfe – einfach einen Hyperfunkspruch absetzen."

Girard, ein kleiner, schlanker Ertruser, Lehrgangsbester, jung und vielversprechend, strich das Ende der Sichellocke aus der Stirn. Er hob die muskelstarrenden Schultern.

„Sind Sie sicher, daß ich den Job richtig ausfüllen kann, Sir? Ich habe mich erkundigt. Grandonet setzte Maßstäbe."

„Jeder Riese, selbst ein Mann von Ertrus", sagte ich, „hat als größerer Zwerg angefangen. Wenn Sie diesen Job hinter sich haben, sind Sie reif für wirklich große Aufgaben in Krisengebieten."

„Glücklicherweise landen wir erst nach allen Trauerfeierlichkeiten. Die Lage sollte sich beruhigt haben. Beide waren beliebt, integer und unbestechlich, nicht wahr?"

Ich senkte den Kopf.

„Ja. Deswegen riet ich Grandonet, sich zur Wahl zu stellen. Sie halten hier die Stellung. Und wir von Quinto-Center kümmern uns um Sklavenhandel und alles andere." Ich blickte in seine großen, dunklen Augen. „Man hat nicht nur den Administrator dieser Welt ermordet, sondern gezielt meinen Freund Uslan und seine junge Frau. Sie haben nichts zu befürchten."

Er bewies Mut und kluge Einschätzung der Lage, als er fragte:

„Und da sind Sie sicher, Sir?"

„Ich bin nicht völlig sicher." Ich winkte dem Kommandanten und deutete nach unten. Das Schiff ging in den Landeanflug über. „Aber nach allen Analysen ist es so. Das war gezielter Doppelmord, Girard. Ihre drei Freunde, die ehemaligen Leibwächter, werden Ihnen helfen, wo immer es nötig ist."

„Ich tue drei Jahre lang mein Bestes, Lordadmiral!"

„Niemand hat etwas anderes vermutet."

Das Schiff ging in eine Linkskurve und raste mit fauchenden Antigravabsorbern auf den Raumhafen zu. Uslan und Charedh waren begraben; was suchte ich eigentlich hier? Der Logiksektor flüsterte: *Eine Bestätigung dafür, Arkonide, daß deine Freunde Informationen hatten, die der neuentstehenden Verbrecher-GmbH – und anderen Gegnern der Welten deines Freundes – schaden könnten!*

Uslan Grandonets Yacht, ein umgebautes großes Fischerboot, kurvte um den Felsvorsprung und hielt auf den Mittelpunkt der Bucht zu. Die Schrauben gingen rückwärts, der Anker fiel. Ich ging in den Schatten der Persenning und wandte mich an Torr Exerts. Der Ertruser schaltete die Maschinen ab und nickte.

„Grandonets Lieblingsbucht. Hier haben sie geschwommen, sonnengebadet – und hier bekam er die zweite Giftdosis. Kann ich Ihnen helfen, Sir?"

„Wir sollten uns unterhalten", sagte ich und spürte die Kälte des Teebechers an den Fingerkuppen. „Die Daten und alles andere haben wir. Vielleicht führt mich ein

Gespräch auf eine brauchbare Spur. Hören Sie gut zu, Girard. Fragen Sie Torr und Ülm."

Die drei Ertruser, Spezialist Yrr und ich saßen in der Plicht des Bootes. Der Strand war menschenleer; Seewind raschelte und rauschte in den Kronen des Uferwaldes. Ich hob den Kopf und sagte:

„Jeder wußte, daß Grandonet seine zukünftige Frau in einem Spielcasino Lepsos gewonnen hat. Die halbe Galaxis erfuhr, daß sie zusammen waren und er hier zum Administrator gewählt wurde. Warum haben die Mörder jahrelang gewartet? Die USO brauchte Charedh nicht, um Informationen über Sklavenhandel einzuholen. Wurde Uslan erpreßt, reagierte nicht und wurde dafür bestraft? Torr! Ülm! Habt ihr etwas bemerkt?"

„Sir, darüber haben wir drei Tage lang gesprochen. Niemand in der ganzen verdammten Administration hat auch nur das geringste Anzeichen dafür entdecken können." Kethian rollte die Ärmel des weißen Hemdes hoch. „Der Chef hat sich, wie immer, um jede Kleinigkeit rund um Diamond gekümmert. Er hat nicht ein Glas mehr getrunken, hat gut geschlafen und, ebenso wie die First Lady, war er ausgeglichen und guter Laune. Stimmt's Torr?"

„Absolut richtig. Wenn es etwas gab, hat's keiner merken können."

Ich sah weißen Vögeln nach, die über dem Schiff kreisten. Marnier Yrr hob die Hand.

„Grandonet war Spezialist der USO. Er kannte natürlich unzählige haarsträubende Geschichten über viele zwielichtige Gestalten zwischen den Sternen. Der Doppelmord sieht für mich wie der Vollzug einer langen, kalt geplanten Rache aus."

„Oder wie die Furcht, Yrr, vor einer kurz bevorstehenden Enthüllung. Wie war es mit auffälligen Besuchern?"

Torr blickte in meine Augen und schüttelte den Kopf.

„Kein Besucher, den wir nicht genau gecheckt haben. Es wird immer rätselhafter." Der Ertruser dehnte einatmend den Brustkorb; die Hemdnähte knirschten. „Ich glaube nicht, Sir, daß Ihre Teams mehr herausfinden."

„Sollte uns nicht stören", brummte Ülm. „Jede Winzigkeit zählt. Was denkst du, Kollege Yrr?"

„Dasselbe." Der Spezialist rieb Öl auf seine Oberschenkel. „Kalt durchgeführte Rache. Vermutlich hatte Grandonet Informationen über Toyrotto oder andere Schurken. Vergeßt nicht, daß er Briefe schreiben, funken und hyperfunken konnte, ohne jede Einschränkung. Und mit Boten oder Informanten hätte er sich auch am Strand oder sonstwo treffen können."

Ich kippte den warm gewordenen Tee über Bord, sah einer Schule goldfarbener Fische zu und drehte mich herum.

„Wir haben einen Freund verloren, und der Planet einen hervorragenden Verwalter. Offensichtlich geht es bei dem Verbrechen nicht um Probleme Lost Diamonds. Die USO hat bisher fast jedes Problem gelöst. Ich mache es zur Chefsache."

Torr verbeugte sich, Marnier Yrr schlug die Faust in die offene Hand. Das Boot zerrte leicht an der Ankertrosse.

„Danke, Sir. Und Sie, Girard, können sich auf uns drei verlassen. Fragen Sie, was Sie wollen; wir zeigen Ihnen, wie sich Diamond am sichersten verwalten läßt."

„Ich werde eure Hilfe dringend brauchen, Torr."

Ich schloß die Augen und ließ die Strukturen einiger Fälle an mir vorbeiziehen, die von der United Stars Organisation mit viel Aufwand und Mühe gelöst worden waren. Vielleicht dauerte es lange, aber meine Quinto-Center-Mannschaft würde den Mörder Uslans und Charedhs finden. Daß Mord und Mörder zu den Teilen eines großen, verwirrenden Bildes gehörten, war jedem von uns klar. Marnier Yrr räusperte sich und sagte:

„Sie nehmen mich mit der ARCA mit? Zurück ins Center?"

„Selbstverständlich." Ein Segelboot schnitt vor dem Bug quer durch die Bucht und jagte auf die Brandung zu. „Und ich hoffe, daß unsere Jungs ein paar Computerspeicher voll interessanter Informationen gesammelt haben."

Ich sah in die Gesichter der Ertruser und des Spezialisten und las nichts anderes als den Ausdruck sehr großer Skepsis.

Das Team hatte sich in der Messe versammelt, dem größten Raum des Schiffes. Ich setzte mich auf die Tischkante und sagte sarkastisch:

„Wenn ich Ihre Mienen sehe, strahlend und vom Erfolg gezeichnet, kann ich mir ausrechnen, daß wir woanders weitersuchen müssen. Was haben wir herausgefunden?"

USO-Spezialist Walters, ein untersetzter Terraner, sagte schulterzuckend:

„Wenig, Sir. Nur eine lange Reihe winziger Andeutungen. Myler, fangen Sie an!"

Als Myler von seinem Notizblock abzulesen begann, unterbrach ihn das Summen der Antriebseinheiten und zwang ihn, lauter zu sprechen. Wir erfuhren, daß im Lauf der vergangenen zweieinhalb Jahre einzelne Besucher registriert worden waren, deren Namen und Spezifikationen in unseren Speichern schlummerten, daß ein Syndikat, Sitz Lepso, auf Lost Diamond Land hatte kaufen wollen und von Grandonet abschlägig beschieden worden war. Ich grinste kurz. Natürlich waren Namen, Nummern und Titel bekannt; reine Routineangelegenheit. Fünfzehn Spieler, Wirtschaftsbetrüger und ähnliche Kreaturen waren auf persönliche Anordnung Uslan Grandonets – zum Teil schon auf dem Raumhafen – festgenommen und ausgewiesen worden.

Einige akustische Signale zeigten, daß sich Luken und Schleusen schlossen und das Schiff in Startbereitschaft versetzt wurde. Ich wartete, bis Myler fertig war, und sagte:

„Ausgezeichnet. Viele kleine, recht farbige Mosaiksteine, Myler. Habt ihr noch mehr von der Sorte?"

„Eine bunte Mischung, Sir", sagte Rave Sounder. „Einen Teil haben wir schon in die Computer eingegeben. In Quinto-Center, meinen einige von uns, können wir vielleicht schon eine vage Struktur ausrechnen lassen."

„Höre ich gern." Ich nickte zufrieden. „Grandonet war konsequent. Er traute weder Personen noch Ideen, Vorschlägen oder geschäftlichen Anregungen, die aus der Richtung der Freihandelswelt kamen."

Das Raumschiff startete. Wir sahen auf dem Monitor, wie die Küstenlandschaft schrumpfte und kurz darauf unter den Wolken verschwand. Zwei Stunden lang hörten wir, was die Männer herausgefunden und zusammengetragen hatten. Keiner hatte erwartet, daß uns schon jetzt größere Zusammenhänge klar werden würden. Je mehr ich erfuhr, desto mehr steigerte sich meine Unruhe. Der Logiksektor kam zu einem Schluß, der mich erschreckte: *Suche nach ähnlichen Vorfällen, Arkonide. Es muß nicht die „Namenlose Gesellschaft" sein, die zu einem vernichtenden Schlag auf das Solare Imperium ausholt!*

2.

Aus: Meeca Netreok ZAHLEN, ZENTURIEN, ZIELE und ZEUGNISSE
– aus der Arbeit des USO-Historischen Korps.
Sonderdruck, Pounder-City, Mars, 2391 Standardzeit.

„Am 1. Juli 2115 wurde die United Stars Organisation als neutrale Schutzmacht für die Völker der Galaktischen Allianz ins Leben gerufen und rasch zu einem schlagkräftigen Instrument der Sicherheit. Da Lordadmiral Atlan das frustrierende Amt des Imperators an den Nagel gehängt hatte, war es für jeden Kenner der Umstände nichts anderes als logisch, daß bald innerhalb der USO das Historische Korps ins Leben gerufen wurde. Mehr als zehn Jahrtausende persönlicher historischer Erfahrungen Atlans und die Begeisterung der Helfer und Spezialisten von Quinto-Center und 182 geheimen Stationen schufen ein riesiges Archiv und einzigartige Software, die selbständig aus Zahlen und Zeugnissen lebendige Geschlechtsinterpretation erstellte. Es ist ein offenes Geheimnis, daß sich Mitarbeiter aller Fachgebiete mit kindlicher Freizeit-Freude diesem Projekt widmen, und selbst Chef Atlan Gonozal steuert für den Holografieraum des Korps einige Exponate seines ‚Museumsraumes', der unterseeischen Schutzkuppel bei . . ."

QUINTO-CENTER, 1. JANUAR 2400, 10.45 Uhr STANDARDZEIT. Der japanische Garten und der dichte Efeubewuchs an den Felswänden meines Wohnbüros waren Teile der hydroponischen Anlage des riesigen, ausgehöhlten Mondes. Den Bauplan samt Wasserführung – selbstverständlich mit geräuschlosen Pumpen – hatte ich in den weitläufigen Archiven meiner Erinnerung gefunden. Kamakura Yamazaki, der dichtende und malende Samurai von Miracle hatte ihn einst in seinem Tokioter Garten gebaut, eine zweite, größere Version für Mondam Amoustrella Gramont verwirklicht, und hier erstreckte sich die verkleinerte Version, von mir mit weitaus weniger Meisterschaft realisiert. Ich riß mich vom Anblick und zahlreichen Erinnerungen los, drehte den schweren Sessel herum und hörte im selben Moment das Empfangssignal. Langsam, mit wenigen Störungen, baute sich das Bild meines Freundes auf dem Kommunikationsmonitor auf. Ich hob die Hand.

„Ich müßte lügen", sagte ich, „wollte ich behaupten, daß ich nicht wüßte, daß am Goshunsee gerade Nacht ist. Aber in diesen unruhigen Zeiten dauert es lange, eine einwandfreie Hyperkomverbindung aufzubauen. Liegt an deinen barbarischen Schaltungen, Perry."

„Schon gut." Er lächelte, sein Gähnen war ansteckend. „Willst du dich einladen? Oder braucht die USD wieder ein paar Millionen Solar?"

Unser Gespräch war so abhörsicher, wie es der gegenwärtige Stand der Nachrichtentechnik ermöglichte. Ich hob die Brauen.

„US-D? Ich brauche dringend NATHANS aktuelle Speicher."

„United Stars Desorganisation", sagte er und grinste. „Kein Geld? Sehr gut. Um was geht es? Immer, wenn du so herausfordernd mit dem Zellaktivator spielst, ist es ernster als sonst."

Ich sah in Rhodans graublaue Augen und holte tief Luft.

„Ich überspiele anschließend an unser Gespräch ein paar Millionen Daten. Gib sie dem Mondgehirn als Denkmaterial. Erinnerst du dich an Uslan Grandonet von

Lost Diamond und seine schöne Frau, die Lepso-Sklavin? Beide durch Gift ermordet; ist alles in den Infos." Rhodan schloß die Augen und senkte den Kopf. „Wir haben sorgfältig gesucht und vieles gefunden. In Kürze: Ich ahne, ohne daß sich aus den Daten zwingend ergibt, daß eine furchtbare Sache vorbereitet wird. Wahrscheinlich nicht einmal von den abtrünnigen Planeten. Von dir brauche ich möglichst viele Schilderungen ähnlicher Vorfälle, die scheinbar in kein Schema passen."

„Kein größeres Problem. Wie lange bleibst du noch in deinem Versteck? Das Imperium braucht dich. Dringend."

„Ich habe alles für einen Besuch auf Lepso arrangiert. Deine Administration muß präzise vorarbeiten!" Ich machte abwehrende Bewegungen. „In einer Woche ungefähr. Du kannst mich dann mit der CREST ein paar Lichtjahre weit spazierenfliegen."

„Einverstanden", sagte Perry. „Wir genießen gerade eine Zeit relativer Ruhe. Ich fürchte, sie wird nicht lange dauern – aber du hast ja sämtliche Nachrichten. Mir fällt nur eine absonderliche Sache ein. Burton Artemid wurde mitsamt seinem Raumschiff entführt. Von einem arg geschundenen Rohstoffplaneten, den wir rekultivieren wollen."

„Artemid? Der Surfacearchitekt?" Ich beugte mich vor. „Ich brauche die Koordinaten dieses Planeten, Perry. Und natürlich alles, was NATHAN hat. Dann sehen wir weiter. Sage Mercant schöne Grüße und bitte seine SolAb um ähnlich geartete Informationen; wir arbeiten ja immer gut zusammen."

Im Hintergrund des Bildes erkannte ich im Halbdunkel Teile des Wohnraumes seiner Villa. Eigentlich hätte ich überrascht sein müssen, ihn in seinem Heim anzutreffen. Wieder gähnte er, und ich winkte kurz.

„Im Ernst: entschuldige die Störung. Gehe wieder schlafen. Den Rest wickelt unsere Technikabteilung ab. Danke für die Hilfe, Perry, und – auf bald."

„Auf bald", sagte er. „Und auf Terra. Dein Gesichtsausdruck erzählt Bände. Du scheinst ernsthaft besorgt zu sein. Ich tue, was ich kann; du weißt, wie tödlich Lepso sein kann?“

Er deutete einen Gruß an, nickte und trennte die Verbindung. Ich sprach kurz mit dem Wachhabenden der Nachrichtenabteilung und war sicher, innerhalb von zwölf Stunden über viel mehr Daten verfügen zu können. Der Monitor wurde tiefgrau. Die Teams von Quinto-Center arbeiteten an einer perfekten Maskierung für Lepso; selbst das kleine Kugelraumschiff aus unserem reichhaltigen, gut aussortierten Beutegut war fertig dekoriert.

LEPSO, 2. PLANET DER SONNE FIRING, 7. JANUAR, TERRANISCHE BOTSCHAFT: Zwischen wuchtigen Mauern und dem rechteckigen Turmbau der Ambaskiade, wie auf Lepso die Botschaft hieß, bremste der große, weiße Gleiter. Knirschend schlossen sich die Stahlgitter. Ein riesiger Frachtraumer startete vom Raumhafen und orgelte schräg über die Stadt Orbana hinweg. Keinen der fünfzehn Millionen Einwohner schien es zu stören. Strahlender Sonnenschein, abwechselnd mit schneeweißen Wolken, badete die Siedlung im späten Morgenlicht. Ich wartete, bis die zwei Diener, die fünf Begleiterinnen, der Zwerg und der Riese ausgestiegen waren, bevor ich selbst ging. Bis zu den schußsicheren Türen erstreckte sich ein blauer Teppich, in den silberne Sterne eingewebt waren. Der Logiksektor schien zu kichern: *prunkvoller als der Fünfzehnte Ludwig Frankreichs, Arkonide! Beschwerlich, wenn's alle Tage so wäre.*

„Danke.“ Ich nickte meinen Dienern zu und ließ zu, daß der Krakenpinguin an meinem Zopf zerrte. Auf Lepso hatten die Pflanzen Augen, und der Staatliche Wohlfahrtsdienst, die Geheimpolizei, wußte alles. Hoffentlich nur fast alles, dachte ich und hielt unsere Tarnung für vollkommen. Lamo Kariuki lächelte zurückhaltend, betrachtete mißtrauisch meine Eskorte und lud mit knappen Gesten zum Nähertreten ein.

„Willkommen, Alsar Quizzardo. Sie hatten einen guten Flug? Die Reservierung für Ihr Schiff, hörte ich, war zuverlässig. Der Botschaftsgleiter ist das letzte Modell.“

„Alles ganz nett." Ich schaute mich um und drückte ihm bewußt schlaff die Hand. „Ist das ‚Sternenpalais' tatsächlich eine akzeptable Absteige?" Einige Diener präsentierten in der Halle Champagner und Leckerbissen.

„Das beste Haus auf Lepso, Sir."

Perry Rhodan hatte die Terranische Botschaft, die Terranische Handelsdelegation und das Institut für Absatzförderung angewiesen, einem der wenigen Besitzer eines kolonisierbaren Planeten – mir, Alsar Quizzardo! – jeden Wunsch von den Augen abzulesen. Einige Konten der lepsotischen Staatsbank waren aufgefüllt, eine zuverlässige Legende entwickelt worden. Das halbrobotische, handgroße Wesen auf meiner Schulter speicherte Bilder, Gespräche und auf vielen Kanälen Funkgespräche. Ich nippte am Champagner und blinzelte.

„Wir werden wohl etliche dreizehn Tage hier weilen." Jede Geste zeigte Herablassung und dem Kenner mangelndes Selbstbewußtsein. Meine gewagt kostümierten Begleiterinnen, erfahrene USO-Spezialistinnen, scherzten mit Botschaftsangestellten. „Ist Rhodans Stellvertretung tatsächlich der Ansicht, hier gäbe es alles, was ich brauche, Sir?"

Mein Gegenüber, ebenso groß wie ich, beherrschte sich meisterlich, lächelte eisig und sagte halblaut:

„Mit einem Minimum an Mühe finden Sie auf Lepso alles, was Sie brauchen. Nicht beinahe alles; wirklich alles. Halten Sie die Brieftasche fest, Sir. Sie haben sicherlich an Bord den Katalog der Verhaltensregeln für Lepsos Society gelesen?"

„Ich lasse lesen." Ich hielt dem Krakenpinguin das Glas hin. Er trank, rülpste, stieß einen Triller aus und zog den Kopf ein. „Gewiß, gewiß; die Presse und das Fernsehen sind verständigt? Ich werde wohl passable Summen ausgeben."

„Sie werden sich vor ihnen nicht retten können, Sir."

„Tüchtig, mein Lieber." Ich klopfte ihm auf die Schulter und rief dröhnend: „Besauft euch nicht schon hier, ihr Guten! Auf uns wartet ein Frühstück im Hotel! Und abends haben wir Spaß im Casino oder so!"

„Ordnung, Sitten und Wohlverhalten gelten nur für die anderen." Der Zwerg kicherte und trat einem Sekretär auf die Zehen. „Gehen wir etwa zu Fuß zur Herberge?"

„Der Gleiter wartet." Das Botschaftspersonal dachte sich seinen Teil und war sichtlich froh, uns loszuwerden. „Die Piloten sind rund um die Uhr auf Abruf bereit, Sir."

„Hatte nichts anderes erwartet. Kommt!"

Wir stiegen in den Gleiter, die Maschine schwebte langsam vorwärts. Eine Allee uralter Bäume säumte die mäßig breite Straße zwischen der Botschaft Terras und dem Hotel nahe dem Stadtzentrum. Wir waren vorbereitet, trotzdem nahm uns die Zurschaustellung morbiden Reichtums und skurriler Bauwerke gefangen. Ungehemmter Stilwirrwarr, Kitsch und archaische Bauweisen mischten sich mit phantastischem Schmutz, Unordnung, hochmodernen Anlagen und gepflegten Gärten. Das Mittelalter hatte auf Lepso angefangen, als ich zusah, wie man im Land am Hapi, dem Nil, Lehmziegel aufeinanderschichtete. Hundeartige Tiere sprangen kläffend vor dem Gleiter, vor Reitern auf langbeinigen Pferdeartigen und summenden Reinigungshalbrobotern zur Seite. Passanten und Händler, Müßiggänger und Touristen quirlten zu Hunderten durcheinander; auf den ersten hundert Metern sahen wir nahezu alle Völker der Milchstraße. Das Sonnenlicht und die heitere Betriebsamkeit standen in krassem Gegensatz zur geschäftlichen Moral hinter den überwucherten Fassaden.

„Ich bin ein wenig beeindruckt." Mein Finger hinterließ einen fettigen Abdruck an der Glassitfläche. „Ich glaube, hier kriege ich ein schönes Sammelsurium für meinen Planeten zusammen. Ist's noch weit zur Herberge zum glücklichen Gast?"

Der uniformierte Gleiterpilot sagte, ohne sich umzudrehen:

„Je nach Verkehr, Sir. Im Zentrum wird's zu dieser Stunde ein wenig eng."

„Entzückend!" Ich lächelte und spielte mit meinem schwarzen Zopf. Einige Mitglieder des Lepso-Geheimdienstes in dunkelroten Uniformen bewegten sich offen durch die Menge. Auf jeden Rotgekleideten kamen vier oder fünf Wohlfahrtsdienstler, die im Geheimen für die Effizienz der Behörde sorgten. Selbst wir USO-Leute bewunderten sie widerwillig und merkten uns Aufschriften, Innungszeichen, phantastische Figurinen oder Masken, Fabeltiere und undeutbare Chiffren. Das Hotelmanagement verhielt sich, als hätten sie schon das Trinkgeld; wir waren ebenso einzigartige Gäste wie tausend andere. Die Gleitertüren summten auf, meine jungen Damen bekamen beachtlich stilsicher kombinierte Blumensträuße, die Herren, auch der epsalische Zwerg, ein Getränk, von den Terrassen der Zimmerfluchten im obersten Stockwerk genoß ich den Blick über Orbana, bevor ich den Krakenpinguin auf einer Sessellehne absetzte.

„Paß gut auf, Kleiner. Tausendein Auge beachten uns." Er schlug mit den Stummelflügeln und trillerte etwas von Vivaldi. „Schließlich können wir uns nicht alles merken."

Ich fand mein Gepäck, sorgfältig in Fächern, antiken Pulten und Schränken verstaut, duschte mich, prüfte mein Aussehen im Spiegel: sonnengebräunt, dunkle Augen, schmale Augenbrauen und stark betonte Wangenknochen, seidiges, blauschwarzes Haar; ich fönte und flocht den Zopf, ehe ich den weißen, silberbestickten Safarianzug überstreifte und die Stiefel anzog. Daß jedes Teil unseres Gepäcks mit modernsten Methoden durchsucht worden war, setzten wir voraus. Als ich das eiskalte Bluetonic an die Lippen hob, meldete sich der Hotelempfang über den Monitor.

„Sir. Unser Saal der Sieben Monde ist bereit. Die Terranische Handelsdelegation schickt Ihnen einige Assistenten und Kunden, Makler, Anbieter, wie verlangt."

„Danke. Zwanzig Minuten."

Ich bestellte Decaree, Myriam und Bethina in den Mondsaal, sortierte meine Unterlagen und setzte das Spielzeug auf meine linke Schulter. Die fünf flachen Arme legten sich dicht an den Stoff. Ich straffte die Schultern, leerte das Glas und dachte an die vielen Probleme des Planeten Graymonde, vierte Welt der Sonne Escape. Im Verhandlungssaal erwartete mich das perfekte Arrangement: Sessel, Getränke, Arbeitsgeräte und meine drei „Gespielinnen“. Ich begrüßte zwei Terraner, die bemerkenswert tüchtig wirkten, lächelte leutselig in die Runde und warf mich in den Sessel.

„Ich setze voraus, daß Sie wissen, um welche Anforderungen und, dementsprechend, Summen es geht. Es ist mir nach zähen Verhandlungen geglückt, meinen Lebenstraum wahrzumachen und einen Planeten zu kaufen. Von Lepso etwa ebenso weit wie von Terra entfernt, rund neuntausend Lichtjahre. Die galaktischen Geheimdienstler haben ihn ausgebeutet und nicht viel mehr als eine stinkende Gashülle hinterlassen, ein paar Wälder und, erstaunlich, saubere Ozeane. Ich will aus diesem Wrack eine schöne Welt machen; Quizzardos Paradies. Also brauche ich, grob gesagt, alles, was dazu gehört. Siedler, Handwerker und Material. Riesenmaschinen und Landschaftsgestalter, die man heutzutage wohl Surfacearchitekten nennt. Kurzum: das Übliche. Ich zahle, aber nicht jeden Preis. Ihre Delegation verdient an der Vermittlungsgebühr. Jeder, der mir eine Schiffsladung Sämlinge und Setzlinge verkauft und auch selbst einpflanzt, ist überaus willkommen und wird gut entlohnt.“

„Und wir sind die ersten Luxussiedler auf Graymonde-Paradies.“ Decaree kicherte laut und schrill. „Ein unversehrtes Strändchen wird sich finden, nicht wahr, lieber Chef?“

„Ich führe Verhandlungen, keinen Kindergarten“, sagte ich schroff. „Geht in die Lobby hinunter und bringt die ehrenwerten Kaufleute Lepsos herauf.“ Ich schnippte mit den Fingern. „Je länger wir hier trödeln, desto später kommen wir zu unserem Vergnügen.“

Die Terraner studierten die Planetenkarten und die Holografien. Der Planet bot ein Bild des Jammers; der Artenreichtum war längst Legende. Die USO hatte ihn einem verbrecherischen Konsortium abgenommen, die ihn ruiniert hatte. Alsar Quizzardo würde also auch die Unterstützung dieser Organisation genießen. Ich staunte, wie schnell hier die Gerüchte waren und auch darüber, wie professionell Rhodans Behörden die richtigen Ansprechpartner besorgt hatten. Die Verhandlungen dauerten bis in den späten Nachmittag; ich erteilte

Aufträge, unterschrieb Verträge und Schecks, ließ zahllose Kopien verteilen, nannte Koordinaten und bestimmte Daten und Termine.

Eine Massenwanderung würde in den kommenden Monaten einsetzen; selbst Optimisten rechneten mit einem halben Jahrhundert für die sichtbaren Ergebnisse einer Rekultivierung. Ich bat Decaree, mein Aktenköfferchen zu schließen und stand auf. Mit seidenem Tüchlein tupfte ich imaginären Schweiß von der Stirn und machte fahrige Bewegungen.

„Vielen lieben Dank. Morgen mehr, meine Herren – ich darf Sie zu einem ausführlichen Abendessen in überaus charmanter Begleitung einladen? Kein Bestechungsversuch, sagen Sie das Ihrem Meister Rhodan, ja? Mir fällt ein, ich muß, völlig erschöpft, mich zurückziehen."

Ich ging in meine stille Suite und grinste kalt. Wir hatten den ersten Teil einer perfekten Schau hinter uns; auf Lepso schäumten bald sämtliche Suppen der Gerüchteküche über.

Für den Abend wählte ich eine schlichte, uniformartige Kleidung, die im krassen Gegensatz zum Prunk meiner Begleitung stand. Nach einem Abendessen unter freiem Himmel auf dem Hoteldach, an dem nur die beiden Terraner, Decaree und Vence Stalmaster teilnahmen, hob ich das zierliche Glas und sagte:

„Wissen Sie, meine Herren – ich bin nur ein Selfmademan von einem Hinterwäldlerplaneten. Was Arbeit heißt, weiß ich; vom Ballast aus Halbbildung, Mildtätigkeit und ähnlichem Kram ist wenig zu halten. Ich muß auch das Wunder planetarer Erneuerung nicht allein betreiben. Investoren sind im Rahmen des Verträglichen willkommen. Wenn meine Lohnabhängigen und ich hier ein wenig protzig auftreten – sehen Sie's einem Emporkömmling nach. Mit Graymonde mache ich Ernst, klar?"

„Wahrscheinlich wird Toyrotto an Sie herantreten, Sir." Joshua Varnon, der Handelsattaché, neigte sich über seinen Nachtisch, ein vibrierender purpurner Spitzkegel. „Er verkauft Sklaven. Bisher ist es noch niemandem geglückt, ihm Sklavenhandel nachzuweisen; auch solche Unwägbarkeiten wie Brutwelten, Zuchtsystematik oder Verkehrswege sind unbekannt." Er hob die Arme zu den Sternen. „Lepso! Ich glaube, hier fänden Sie auch potentielle Unsterblichkeit, Sir."

Ich lachte kräftig. „Dafür beginne ich mich in zehn Jahren ernsthaft zu interessieren. Aber... ein paar tausend unproblematischer Neusiedler auf Graymonde? Bedenkenswerter Aspekt."

Ich nippte am köstlichen blauen Lepso-Mooswein: von den Namen und Informationsblöcken aus NATHAN, von USO und SolAb war heute etwa die Hälfte genannt worden – meine Geschäftspartner! Auch jetzt wurden wir belauscht. Flüchtig dachte ich an den Krakenpinguin, der sich zwischen den Gewächsen der Terrasse wohlfühlte, denn in der Dunkelheit konnten die siganesischen USO-Spezialisten risikolos die abgeschirmte Station verlassen und umherschwirren wie nektarsuchende Nachthummeln.

„Kommen Sie mit, Stalmaster", sagte ich. „Bringen Sie uns in das beste Unterhaltungs-Etablissement der Stadt."

Er schüttelte verwirrt den Kopf und löffelte die zitternde Delikatesse. Es gab eine kurze Diskussion, ob das „Labyrinth" oder das „Selbstmordcolosseum" besser geeignet wäre. Wir entschieden uns, dem Gleiterpiloten gegen Mitternacht den Rundbau als Ziel zu nennen.

Von Erdhügeln bedeckt und von Bäumen bewachsen, außerhalb der Stadt, in einem idyllischen Park, verbarg sich eine Art monströser Säulenabschnitt halb in Lepsos Kruste. Indirektes Licht modellierte Bäume, Wege, kleine Seen und viele kostbare Plastiken, exotisch und mitunter bezaubernd obszön, aus der Dunkelheit. Mindestens hundertfünfzig moderne und teure Gleiter waren geparkt, als wir in die reservierte Loge geführt wurden. Lärm unzähliger Gespräche, Musik und Gläserklirren erfüllte die Wandelgänge. Wir sahen Dienerinnen und Diener von Charadh Grandonets Hautfarbe, aber ebenso viele aus anderen Sternenvölkern und Rassen. Reichtum, Schönheit und Haut wurden bewußt zur Schau gestellt; jenes seidige heile Bronzebraun, Schuppen, netzwerkbedeckte bleiche Haut, Pelz und Fell, Leder, Reptilhaut und solche, die bei jeder Bewegung silberne Kristalle verstreute – alles. Ich blickte ins sandige Rund der Arena.

Akonen schlossen Wetten ab. Antis machten sich über breithüftige Frauen her, Barnither tranken Terranern zu, Ertruser lachten, Arkoniden druchstreiften zwinkernd das Durcheinander, Springersippen feuerten die Arenakämpfer an, Roboter bedienten, und für lange Augenblicke verlor ich mich in dem bizarren, lebensstrotzenden Wirbel. Jemand zupfte mich am Ärmel. Ich wandte mich um und sah in ein fremdes Gesicht.

„Herr! Ist Euer Name Alsar Quizzardo?“

Stalmaster nahm auf meinen Wink hin die Finger von der winzigen Waffe und versteckte sie wieder. Ein junger Terraner in Pagenuniform mit hungrigen Augen sah zu mir auf.

„Ja. Bin ich. Was gibt's?“

Der Ertruser in der Arena warf einen blutenden, zuckenden Hund nach einem Springer, der einem Schlangenwesen die Wirbelsäule zerschlug.

„Herr Mooncuno fragt, wie weit Euer Interesse geht.“

„Interesse woran?“

Lepsos Geschäftswelt sucht Kontakt, sagte der Logiksektor. *Achtung. Du befindest dich auf absolut fremdem Territorium!*

„An diesem und jenem und rascher Besiedlung Eurer Welt, Herr, soll ich sagen. Und an einer Wette, die, wenn Ihr verliert, Eure Bonität beweist.“

Ich bedeutete Decaree, dem Boten eine 100-Solar-Münze zu geben und sagte:

„Richte Herrn Mooncuno aus, daß ich grundsätzlich niemals wette. Meine Bonität steht außer Diskussion. An seinen Angeboten bin ich interessiert, wenn sie sich in Bezirken der Überschaubarkeit bewegen.“

Der junge Terraner, der völlig fassungslos den Botenlohn anstarrte, rannte davon. Die Kadaver wurden weggeräumt, eine glatte Fläche senkte sich, und wir sahen ein Ballett nahezu unbekleideter Ertruserinnen. Ich bestellte kräftige, unproblematische Spirituosen; die Darbietung behagte mir wenig. Minuten später war der

Knabe wieder an meiner Seite und führte mich in eine andere Loge, fast genau gegenüber. Ich mochte auch die Musik nicht sonderlich: sie war zu laut und wenig melodisch. Mooncuno, ein ausgezehrter Akone, öffnete das Prunkschott, verscheuchte die Boten, verbeugte sich tief und deutete auf einen uralten Springer mit weißem Bart, der an einem Tisch saß, in seinen Fingern ein VloVlay bewegte, ein nervenberuhigendes Steckspiel aus Kugel, Scheibe, Stäbchen und Pyramide.

„Der Ehrsame Dustar Cahen, Herr. Dies ist Planetenbesitzer Alsar Quizzardo, Sprößling eines arkonidisch-terranischen Geschlechts. Ich darf mich zurückziehen."

Ich machte neun Schritte durch dichten, aromatischen Nebel. Dustar Cahen hüstelte und schob den Stab durch die Pyramide. Ich blieb neben dem Tisch stehen und sagte halblaut:

„Puernige Fracht, lüskere Handelsspanne und ruhige Nacht, Sternmaster Cahen. Sie wollen mit mir reden?"

Er wirkte halbtot, weit von allem Lebenswerten entfernt; seltsam abgeklärt. Er hob eine Blume, die, wie ich wußte, nur in Springer-Walzenschiffen gedieh und wedelte Blütenstaub in die Richtung auf einen Sessel. Ich setzte mich bedächtig.

„Nehmt Platz, Sternmaster Quizzardo. Sie sind in der Stimmung, delikate Themen zu diskutieren? Sie brauchen Siedler und, möglicherweise, Investoren für Ihre geschundene Welt?"

Seine Stimme war ein pergamentenes Knistern. Seine Augen schienen alles zwischen den Rändern der Galaxis gesehen zu haben, die Zähne leuchteten förmlich. Er fügte die Scheibe an die Pyramide und versetzte sie in Drehung. Es erschienen die richtigen Farben: Blau, Weiß, Rot. Ich nickte. Der Nebel drang in meine Lungen und veränderte die Tonhöhe der Stimmen, machte das Sprechen aber leichter.

„Kaum ist das Wort gedacht, auf Lepso, hören viele schon, was morgen gesagt werden wird. Meine Antwort: ja in beiden Fällen. Warum diese wenig büroartige Umgebung, Sternmaster?"

„Meine Neigung, mich auf Raumhäfen oder in Büroräumen zu entleiben, ist groß. Ich betreibe die Geschäfte dreier mächtiger Männer, und so sitze ich hier und warte auf jemanden, mit dem das Handelswerk Vergnügen macht. Nebenbei: mein letztes Vergnügen. Geben Sie sich Mühe, Quizzardo, mich nicht zu enttäuschen."

Ich lächelte und wartete, bis ein klassisch einfaches Glas voller Mooswein vor mir stand, lächelte breiter, als ich gekostet hatte, und murmelte:

„Derselbe Jahrgang wie im Hotel. Nun, Sternmaster, ich gebe mir Mühe. Kleinliche Skrupel kenne ich nicht, dem Verbrechen gehe ich aus dem Weg, mein Anliegen ist klar und einfach. Auch ich kenne Gerüchte. Will Toyrotto wieder Sklaven verkaufen? Und will die ehrenwerte Firma Conditiosinequanon etwa Grund und Boden meiner Welt leasen, pachten oder kaufen? Ich bin durchaus gesprächsbereit, Cahen."

„An zwei Hektar Boden ist niemandem gelegen."

„An sieben Sklavinnen ist mir nichts gelegen."

„Wie wickelt sich Ihre Zahlung ab?"

„Überweisung oder Scheck der First Creditoy Galactionais, hier oder anderswo."

„Wer besiegelt die Verträge?"

„Jeder Notar, der standesrechtlich von Terra, Akon, Lepso und so weiter anerkannt ist. Klagemöglichkeit oder juristisch klare Einsprüche auf Nachbesserung muß ich mir vorbehalten."

„Gewiß. Verständlich." Wieder fauchte parfümierter Nebel aus verborgenen Düsen. Mein Glas beschlug sich. Ich hob die Hand. „Sie würden nicht anders handeln, Sternmaster."

„Schwerlich. Sie sind einverstanden, daß man Sie überprüft?"

Ich breitete die Arme aus und zeigte die Handflächen. „Es gibt wenig zu verbergen."

„Wie lange gedenken Sie sich auf Lepso aufzuhalten?"

„Bis ich mich zurückziehen kann, in der ruhigen Gewißheit, alles für mein zukünftiges Paradies getan zu haben. Wo ich mich und den unvermeidlichen Troß einquartiere, weiß inzwischen halb Lepso. Wen vertreten Sie, Cahen?"

„Überaus Mächtige. Einflußreiche, ohne Skrupel, die nicht scheinen, was sie sind." Endlich hatte er die Kugel an der richtigen Stelle angesetzt, und zwischen seinen Fingern strahlte reines weißes Licht hervor. Sein Gesicht war wie eine urzeitliche Plastik, böse und weise. „Kaufleute, deren Gesetze von ihnen selbst geschrieben werden. Unkorrektheit bedeutet qualvollen Tod, Lepsos Gesetze gelten in den winzigsten Asteroiden. Andererseits: überaus korrekt, denn sie betrügen nicht. Ich lasse Sie, Sternmaster Quizzardo, sorgsam prüfen. Sie hören von mir, auf herkömmlichem Weg." Er kicherte fast tonlos. „Sie wetten, leider, niemals?"

„Schon gar nicht auf Lepso", sagte ich. „Verlöre ich gegen Sie, verlöre ich mein Gesicht. Tun wir uns derlei an?" Ich begann meine Spezialisten zu bewundern, die sich in diesen Kreis der Hölle hineinwagten, leerte das Glas und stand auf.

„Ich denke, ich werde arrangieren lassen, daß Sie einige Dinge sehen, die nicht jedermann kennt. Natürlich hängt die Befriedigung Ihrer Neugierde mit präzisen und unwiderruflichen Prüfungen zusammen. Brauchen Sie etwas? Besondere Wünsche? Ein erfahrenes Mädchen von Ertrus? Eine Gefährtin für Ihren Minderwüchsigen? Bewußtseinserweiternde Drinks oder ein Ausflug zu den Grotten der tätigen Niedertracht?"

Ich schüttelte den Kopf und verbeugte mich.

„Meine Ansprüche sind durchaus konventionell. Mir reichen meine liebenswerten Gespielinnen und, hin und wieder, ein Glas Wein. Wann schließt dieses . . . Colosseum?"

Er lächelte; das Rigor-Mortis-Grinsen eines Totenschädels.

„Nachdem die letzten Gäste gegangen sind. Wir hören voneinander, Sir Alsar Quizzardo."

„Ich zweifle nicht daran. Dank für Ihre Aufmerksamkeit."

Er verbeugte sich um drei Fingerbreit. Vor mir öffnete sich das Schott, nachdem ich den Nebel mit beiden Händen zerteilt hatte. Ich ging langsam und in tiefer Nachdenklichkeit zu meiner Loge zurück und blieb weiter zuversichtlich. *Du näherst dich dem inneren Zirkel der Handelsherren Lepsos,* flüsterte das Extrahirn. *Werde nicht leichtsinnig!*

Decaree, der Zwerg und der Riese hatten auf mich gewartet. In der Arena bekämpfte ein akonisches Zwillingspärchen zwei kleine Saurier, die in psychedelischen Farben und Mustern bemalt waren. Die Wetten, sagte Decaree, standen vier zu eins für die Saurier. Ich atmete die Reste des nakotischen Nebels aus und bestellte einen Krug heißen Thaccom.

„Lepso wird allen Berichten und Legenden gerecht." Ich sah im Halbdunkel der Loge Decarees Augen funkeln. „Alles, nein, vielleicht sogar viel mehr als das, was mein armer Planet sich erträumt – hier wird es angeboten. Es war ein guter Abend, über den ich stundenlang nachdenken werde."

„Das Gespräch verlief zufriedenstellend?"

„Es eröffnet kühne Perspektiven." Ich wartete, bis unsere Becher mit dem kaffeeähnlichen Getränk gefüllt waren. „Hier lerne ich noch dazu, und ich dachte, ich kenne schon alles."

In den übereinander gestaffelten Wandelgängen reihten sich Geschäfte, Dienstleistungsbetriebe für jedes Bedürfnis von mehr als einem Dutzend Völkern, Bars, Saunen oder Stundenhotels, Copyshops, Stempelschneider oder Gewürzverkäufer aneinander. Man konnte Briefe schreiben, eigene Melodien ausführen und vertonen lassen, jede Währung in jede andere wechseln oder gegen Eintritt Mißgeburten besichtigen. Mein Team war unterwegs, um sich umzusehen. Reisen bildet, dachte ich.

„Man kennt nie alles", sagte Decaree. „Und wenn dein Planet schön und bewohnbar ist, laden wir ganz viele nette Leute aus Lepso ein. Alle, die dir geholfen haben."

Ich erstarrte, nahm die Hand von ihrer Schulter und starrte sie entsetzt an. Ich dachte an einen Sklavenbrutplaneten, an meine toten Freunde und daran, daß Syndikate, die Land auf anderen Planeten kaufen wollten, sicherlich weder Parks noch Erholungslandschaften einrichten wollten. Aber was wollten sie wirklich? Ich wußte es nicht.

Die Darbietungen, Teil eines abwechslungsreichen Unterhaltungsprogramms, waren abstoßend. Ich wartete, bis meine Begleitung vollzählig zurückgekommen war, dann taumelten wir erleichtert aufatmend in die kühle Nachtluft hinaus und ließen uns ins Hotel zurückbringen.

Zu meiner Überraschung schlief ich ohne Alpträume, tief und lange.

Die Messe des Raumschiffes war abhörsicher. Wir schlossen die Schotts und aktivierten die schwingungsabsorbierenden Feldschirme. Ein Flügel des Krakenpinguins klappte auf, und die beiden Siganesen marschierten auf die Tischplatte hinaus.

„Die USO hat einen aufschlußreichen Tag hinter sich", sagte ich. „Alle Firmen und Gesellschaften, die auf Graymonde arbeiten werden, wagten sich aus der Deckung heraus; wir können sie kontrollieren. Stoßen wir auf einschlägige Vergehen, werden unsere Dossiers dicker, die Listen der Übeltäter länger. Unter den Planetenarbeitern finden wir den Mörder meiner Freunde wahrscheinlich nicht, aber die Rettung Graymondes ist in die Wege geleitet. Die ersten Schiffe landen innerhalb dieses Monats. Befürchtungen, daß wir betrogen werden sollen?"

Keine Gegenmeldung. Ich berichtete von dem uralten Springer und dessen Angeboten. Wir verglichen die gespeicherten und verifizierten Namen von USO- und SolAb-bekannten Übeltätern und machten entsprechende Notizen. Nask Namor, der siganesische Spezialist, berichtete von seinem Ausflug und spielte die Bilder der Nachtsichtgeräte auf die Monitoren.

„Das ist, nach allem, was wir erfahren konnten, der Palast von ay Toyrotto. Eine einzigartige Liegenschaft."

Zwischen dem Hochland und einem Küstenstreifen von beträchtlicher Schönheit erstreckten sich Parks, Felder, Gewächshäuser und landwirtschaftliche Gebäude. Der mutmaßliche Sklavenhändler bewohnte Dutzende weißer, hocheleganter Bauwerke in maurischem Stil. Ihre Pflege, ebenso wie der private Raumhafen und die Gärten, kosteten horrende Summen. Verblüfft starrten wir auf die riesige Anlage, die mehr als tausend Menschen Wohnraum bieten konnte. Die Bildsequenz endete mit der Landung eines Raumschiffes, der privaten Version eines Leichten Kreuzers in auffallender Lackierung.

„Mehr konnte ich nicht filmen." Der Siganese kicherte und fügte einen Fluch hinzu. „Dann kamen falkenähnliche Bestien und hielten mich für einen Käfer. Ich bin schmählich abgehauen."

Er hielt sich die Ohren zu; unser Gelächter war schmerzhaft laut. Decaree raschelte mit ihren Aufzeichnungen.

„Wenn wir richtig analysiert haben, wohnt dort einer meiner nächsten Geschäftspartner", sagte ich. „Heute nachmittag stehen uns die Verhandlungen mit potentiellen Landkäufern bevor. Decaree und ich haben lange überlegt – wenn wir ihnen Siedlungsgebiete verkaufen, behalten wir die Kontrolle."

„Der alte Springer schickt seine Boten zu uns?" fragte Stalmaster. „Schade, daß Sie ihn nicht nach vermietbaren Giftmischern gefragt haben, Sir."

„Für einen Tag Aufenthalt haben wir ohnehin schon verdächtig viel Erfolg gehabt." Ich hob die Schultern und blickte in lauter entschlossene Gesichter. „Die Lepsoleute halten mich für einen gutmütigen Trottel, den sie leicht übers Ohr hauen können. Hast und Eile würden nur schaden."

Bethina hob die Hand und sagte:

„Von Hotelangestellten weiß ich, daß Toyrottos Lieferungen überall gern gesehen werden: arbeitswillige, gutaussehende Individuen, alle um die Zwanzig und, tatsächlich, gut ausgebildet. Und ziemlich teuer."

„Ich sehe seiner Bekanntschaft gespannt entgegen." Ich hob die Faust. „Wenn wir tausend Sklaven befragen, finden wir heraus, woher sie kommen."

Die Spezialisten murmelten zustimmend. Wir holten Atem und bereiteten uns auf die nächsten Schritte vor.

3.

Taschendiebe und Beutelschneider hätten an Decaree Moonthorne und mir an diesem Mittag wenig Freude gehabt. Wir trugen außer einer Handvoll Münzen und sorgfältig versteckten Scheinen nichts Wertvolles, als wir die ersten einer langen Reihe kleiner Geschäfte erreichten; mehr als fünfhundert schmale, hohe Häuser erstreckten sich entlang der Gasse, fast bis ins Stadtzentrum. Wir starrten durch die Scheiben der Auslagen und schlängelten uns zwischen Verkaufstischen hindurch, gemeinsam mit Hunderten von Stadtbewohnern. Aasvögel hockten auf geschnitzten Giebeln, Tauben gurrten, Ratten huschten umher oder flüchteten pfeifend vor kleinen Raubtieren.

„Sehenswert!" Decaree schüttelte den Kopf. „An Skurrilität nicht zu übertreffen, Terrania City kennt das alles nicht."

In einer Werkstatt, im grellen, eingespiegelten Sonnenlicht, wurde der Rücken eines Epsalers tätowiert. Ein Dutzend Passanten sahen zu, wie drei kleine Akonen auf einem wackligen Gerüst turnten und mit summenden, zuckenden Nadeln die Einzelheiten eines kosmischen Bildes fertigstellten: Sterne, verschiedenfarbene Sonnen, Planeten, Monde und kleine Raumschiffe am Ende ihrer Bahnen, die durch dünne silberne Linien gekennzeichnet waren. Decaree stieß mich an, als unter der Haut haarfeine Drähte gezogen und unter Strom gesetzt wurden. Abschnitte des Bildes fingen zu blinken und zu leuchten an.

Zwei Häuser vor einem grellfarbig geschmückten Toxishop lag ein blutender Körper auf einem großen Tisch, auf einem straff gespannten Laken. Auf hohen Sitzen belauerten Zuschauer die Arbeit eines öltriefenden Schamanen, der die Wunden mit farbigen Flüssigkeiten übergoß und zu waschen schien, mit wirbelnden Fingern Wundränder zusammennähte und plötzlich einhielt, einen Zuschauer beschimpfte und Geld entgegennahm, den Arm des Patienten mit bunten Binden umwickelte und giftgrünen Nebel in die Nase des stöhnenden Opfers blies. Im

Hintergrund rührte ein kahlgeschorenes Mädchen in einem Kupferkessel schwarzen Brei an. Als der Malträtierte zu schreien anfing, gingen wir weiter, ohne zu zahlen.

Ich drehte mich nicht um, aber es schien, daß uns ein Junge und zwei Ertruser betont unauffällig folgten, drei rotgekleidete Wohlfahrtsdienstler des Staates von Lepso begleiteten uns auf der anderen Straßenseite. Ich zog Decaree durch einen klappernden Vorhang aus Fäden und Steinkugeln ins geräumige Innere des Giftladens. Im Halbkreis hinter der gläsernen Theke standen, nach Farben geordnet, Hunderte zylindrischer Glasbehälter. Sie enthielten pulverisierte, körnige, kristallene, gehackte und fruchtgroße Substanzen. Ein weißgekleideter Ara, Stulpenhandschuhe bis zu den Ellbogen, verbeugte sich. Auf der überaus sauberen Glasplatte, unter der mehr als zwölf Dutzend weißer Labortierchen in durchsichtigen Käfigschachteln herumschnupperten und ihre rosa Schwänze ringelten, standen altertümliche Waagen, Anordnungen winziger Gewichte und eine Kleinmengen-Versiegelungsmechanik.

„Sie wünschen Beratung, edler Tourist? Oder bevorzugen Sie eine bestimmte Köstlichkeit meines ultimaten Sortiments? Jeder Farbton ein Leckerbissen; wollen wir die Sinfonie eines einmalig wirksamen Naschwerks komponieren?“

„Ich bin weniger auf Genuß als auf Beratung eingestellt“, sagte ich und erwiderte ein heiteres Lächeln. „Reine Neugierde, Meister der Mikrounzen. Ist Sycarax teuer und schwer anzuwenden? Ich hörte, daß Würdenträger gern damit von der Last beschwerlichen Alterns befreit werden?“

Der Ara grinste mißbilligend; offenbar hatte er auf weniger Diskussion und mehr Umsatz gehofft. Er schlenkerte mit den Knochenfingern. „Sycarax! Scherze für Heranwachsende. Zweikomponenten-Toxigen. Kein Fachmann, der auf sich hält, nimmt Sycarax. Eine billige Ware, der Herr.“ Er kicherte. „Für die Frau Gemahlin?“

„Weit gefehlt“, sagte ich und winkte ab. Die leiernde Stimme eines Vorlesers oder Märchenerzählers drang bis in den Laden. Er sprach von der Großherzigkeit mächtiger Herrscher und der List der Narren. „Noch sind wir nicht im Stand der Ehe. Zurück zur Ernsthaftigkeit, Meister; jeder, der seines mörderischen Erfolgs sicher sein will, nimmt Sycarax? Hält es lange frisch? Wirkt es auch in der Ökologie anderer, ferner Welten? Stellen Sie Probearrangements zusammen?"

„Was Sie wünschen. Nötigenfalls tötet Sycarax unter Wasser, der Herr. Eine Probe? Oder ein ansprechendes Toxi-Set?"

„Nicht von Sycarax. Mitunter will ich mich kläffender Caniden entledigen, ohne in Verdacht zu geraten. Wozu rät der Giftmeister?"

Während ich sprach, dachte ich an unsere Labors. Sie würden sich über ein Lexikon aktueller Gifte, Gebrauchsanweisungen und Warenproben freuen. Der Ara packte eines der Tierchen, setzte es in eine Glaskugel, holte sieben Behälter aus dem Regal und stellte eine Mischung an einem angefeuchteten Glasstäbchen zusammen, das er in die Kugel warf und den Verschluß daraufpreßte. Wir waren zurückgesprungen; er lächelte entschuldigend.

„Wirkt erst" – das rattengroße Tier sprang in die Luft, kreischte, überschlug sich und starb – „in Verbindung mit speziellen Körpersäften. Sie beide könnten es als Badeschaum verwenden."

Ich bestellte kopfschüttelnd ein großes Sortiment, enthaltend genaue Bezeichnungen und leicht verständliche Gebrauchsanweisungen, gab meinen Namen und das „Sternenpalais" als Liefer- und Zahladresse an. Der Märchenerzähler unterbrach sich und rief unwillig: „Sie sind bei Karko Abebe, dem Meistertoxer. Laß mich in Ruhe."

Wir taten, als hätten wir nichts gemerkt oder gehört, verließen das Fachgeschäft und schlenderten weiter, bis wir zum Stand eines Landwirts oder Gemüsezüchters kamen, der gurkenähnliche Gewächse halbwegs telepathisch dazu brachte, zuckend zu einer Schälmaschine zu kriechen und sich danach in den Trichter eines Gerätes zu zwängen, das sie zu gleichmäßigen Scheiben hobelte; diese pfiffen leise, wurden mit schillernden Salzen oder Gewürzen bestreut und abgepackt verkauft.

Ich duckte mich, als zwei weißgelbe Hummeln sich auf mich stürzten. Schwere Essensgerüche wehten durch die Gasse. Geschrei und Gelächter drangen aus Fenstern und schmalen Hauseingängen. Von rechts rief eine raschelnde Stimme:

„Hierher! Belästigt nicht die Touristen. Stecht die Steuereintreiber! Zurück zur Wabe, ihr summenden Bestien."

ZATLOV DER INSEKTENSPRECHER stand über einem schmalen Gelaß. Neugierig schoben wir unsere Köpfe durch ein Gitterschirmfeld. Exotische Musik und Mückenschwärme, die im Takt dazu tanzten, füllten den Raum. Die faustgroßen Hummeln furchten durch den Schwarm, hinterließen sekundenlang einen Kanal und schossen ins Einflugloch einer surrealistischen Wabe, die wie ein Stalaktit von der Decke wuchs. Honig und verwesende Pilze rochen. Wir bewunderten minutenlang die Kunstfiguren der metallisch schillernden Mücken und wollten weitergehen, als ein weißbärtiger Akone auf uns zustürzte, mit dem Taktstock fuchtelte und schrie:

„Sie bewundern meine Kunst! Zahlen! Sie Tanzpreller!"

„Entschuldigung."

Ich gab ihm eine Münze, steuerte auf ein Straßencafé zu und griff nach der Lehne eines Stuhles, als der junge Bote der vergangenen Nacht, hinter sich die beiden Springer mit überdimensionierten Sonnenbrillen, mich höflich ansprach.

„Herr Alsar Quizzardo – Sternmaster Dustar Cahen schickt Euch eine Botschaft. Er war wohltuend beeindruckt."

„Etwa von mir? Ein Geschäftsmann, nicht mehr."

Decaree setzte sich unter einen Sonnenschirm. Der Kellner wartete beflissen. Ich drehte mich halb herum und grinste.

„Nur wenige kennen den Titel für Ehrsame Kaufleute wie ihn. Der Chairmann der Gesellschaft CSQN – Conditiosinequanon – möchte sich mit Euch unterhalten. Heute nacht."

„Gern. Warum nicht? Nach den Verhandlungen mit seinen Sekretären, die in wenigen Stunden stattfinden."

„Man wird einen Gleiter schicken. Nur Ihr allein, Sternmaster. Ohne die Kunstfigur auf Eurer Schulter."

„Ich bin nicht eitel", sagte ich. „Neun Uhr. In der Halle des Hotels. Sage Sternmaster Cahen meine schönsten Grüße; ich danke für sein Vertrauen."

Der Bote verbeugte sich. Ich sah viermal mein Spiegelbild in den Brillengläsern über schaukelnden Zöpfen und Bärten. Ehe ich mich setzte und bestellte, sah ich dem seltsamen Dreigestirn nach. Sie entfernten sich ohne Eile, nur einmal trat ein Springer achtlos auf einen streunenden Aasfresser.

„Nun wissen's alle." Wir bestellten dünnes Grünbier. „Und meine geschliffenen Umgangsformen haben sogar einen raumfluguntauglichen Springer beeindruckt. Daher der Ausdruck ‚Sternmaster'. Schmeckt's?"

„Es stillt den Durst, Aslar." Sie nahm einen tiefen Schluck. „Ich glaube nicht, daß ich hier wohnen möchte."

„Nun, nicht überall drängen sich scheinbare Seltsamkeiten auf so engem Raum zusammen." Die Rotgekleideten beobachteten uns mit mäßiger Aufmerksamkeit. „Hier gelten Lepsos Gesetze, seine Sitten, uralte Bräuche, eingespielte Regeln. Eine Enklave, Freiland, ein eigener kleiner Kosmos. Die Fremden sind wir, Decaree. Würde Rhodan hier etwas zu ändern versuchen, hätte er die gesamte Galaxis augenblicklich gegen sich."

Sie runzelte die Stirn und verscheuchte Fliegen.

„Ich werde darüber nachdenken. Lassen wir uns ins Hotel zurückbringen? Mit einem dieser Gespanne?"

„Wir trinken in Ruhe aus, zahlen und gehen ohne Eile", sagte ich. Eine halbe Stunde später – ich hatte mit einer ähnlichen Art der Kontaktaufnahme rechnen müssen – setzten wir uns in den Flechtkorb zwischen zwei riesige Räder, unter ein Sonnensegel. Die Doppeldeichsel war hinter uns angebracht; auf einem dürren Darcan, der uns schob, saß der Besitzer jener Rikscha, die in klapperndem Galopp auf den Eingang des „Sternenpalais" zufegte. Passanten, Hindernisse und Unachtsame warnte der Reiter durch gellende Signale einer metallenen Lure. Die

Hufe kreischten auf Marmorpflaster, als das Gefährt vor dem uniformierten Robotportier des Hotels bremste.

Die schwarzgekleideten Sekretäre des Landkauf-Syndikats, bleichhäutige Antis, glichen einer Gruppe Leichenbegleiter. Sie saßen uns gegenüber am Konferenztisch des „Saales der Sieben Monde“, studierten scheinbar meine Unterlagen und wußten mehr, als sie zuzugeben gewillt waren. Ich legte meine Hände flach auf die spiegelnde Tischplatte und sagte halblaut:

„Das ist die Ruine eines Planeten, meine Herren. Könnte ich Ihnen eine gepflegte Kulturlandschaft anbieten, wäre mir auch wegen des Preises wohler.“

„Wir setzen voraus, daß Sie die Vorgeschichte dieses . . . Fundes kennenlernen wollen“, sagte Joshua Varnon, der terranische Handelsattaché. Spezialist Rave Sounder studierte die Planetenkarte Graymondes. Fast gleichzeitig nickten die Vertreter der Firma CSQN, der „unerläßlichen Bedingung“. Ich faltete die Hände und wählte meine Worte mit großer Sorgfalt.

„Es kann nicht sehr lange her sein, vielleicht zwei oder drei Jahre, da ließ die United Stars Organisation sich Graymonde als Entschädigung für ihre Auslagen von den Kolonialgerichten zusprechen. Die Medien berichteten nicht viel darüber; ein Diktator beutete den Planeten aus und verschuldete wirtschaftliche Not und Krankheiten der Siedler. Der ermordete Administrator Uslan Grandonet von Lost Diamond, mein guter Bekannter, wenn nicht Freund, arrangierte eine Unterhaltung mit dem Arkoniden Atlan; ich kaufte den Planeten, mit bestimmten Auflagen, was die Umgestaltung betrifft. Die USO wird mich kaum kontrollieren, vielleicht unterstützt sie mich in unmaßgeblichem Umfang. Das sollte Ihr Konsortium wissen, bevor Sie sich für Landkauf entscheiden.“

„Sehr aufschlußreich.“ Ich glaubte in den Gesichtern meiner Gegenüber einen Anflug Zufriedenheit zu erkennen. Meine Erklärung, eine Mischung zwischen beinharten Fakten und konstruierter Wahrheit, schien ihr Mißtrauen zu mindern; natürlich hatten sie alles über

Graymonde recherchiert, was zwischen den Sternen bekannt war. Einer hielt meinen Rechtstitel in die Höhe und meinte verbindlich: „Aber Sie sind der Eigentümer dieses Planeten und seiner beiden Monde. Wir verhandeln mit Ihnen. Weder die Solare Abwehr noch die USO werden Grund haben, unsere Aktivitäten zu überprüfen."

„Sollte mich freuen. Noch etwas." Ich grinste breit. „Ich habe Burton Artemid, den Surfacearchitekten, nicht entführt." Ich wartete drei Sekunden. „Obwohl ich mir kaum einen Besseren für Graymonde vorstellen kann."

Wieder nickten die vier synchron. Wir sprachen über den Preis. Auf den Monitoren wechselten Ansichten von Graymonde.

„Je mehr Ihre Firma an Eigenleistung einbringt, desto günstiger gestaltet sich der Preis pro Quadratkilometer", sagte Decaree. „In welcher Größenordnung dachten Sie einzusteigen?"

Graymondes zweihundert Inseln gruppierten sich um zwei Kontinente, die, seltsam zerrissen und reich an gigantischen Buchten und Landvorsprüngen, entlang des Äquators gelagert waren.

„Mengenrabatt?" fragte der Sekretär mit dem roten Stirnband. Ich nickte ihm freundlich zu.

„Hängt von Eigenleistung und eben der Menge ab."

„Von wieviel Land wollen Sie sich trennen?" die Frage kam vom Nachbarn, der ein gelbes Band trug. Sie fungierten wie programmierte Maschinen, mit nahezu identischen Stimmen.

„Eine Million Quadratkilometer?" Der Träger des blauen Stirnbandes begann zu rechnen.

„Warum nicht?"

„Auch mehr, Sir?" Ich lächelte dem Mann mit der grünen Kennzeichnung zu.

„Auch mehr. Wüste, erodierte Berge oder Karsthänge."

Ich war überrascht. Ich hatte mit Bestimmtheit angenommen, daß sich eine solche Organisation einen strategischen Leckerbissen heraussuchen und später durch Landkäufe oder brutalere Arten der Landnahme von dort aus vordringen und die Macht übernehmen würde. Sollte ich mich irren und etwa einer soliden und ehrlichen

Gesellschaft aufgesessen sein? Wieder spürte ich die Spitze lauernder Gefahren.

„Die Menge von sieben Millionen Quadratkilometern übersteigt nicht unsere Finanzkraft", sagten die vier gleichzeitig. Ich lehnte mich zurück; auch Stalmaster, Decaree und Varnon schienen verblüfft oder erschrocken zu sein.

„Das ist nicht gerade wenig", sagte ich. „Etwas kleiner als die terranische Insel Australien!"

„Oder ähnliche Liegenschaften. CSQN wäre an dieser zentralen Position zu günstigem Einstandspreis interessiert."

Auf der Karte war genau im Zentrum des Kontinents eine Fläche markiert, die jede Art Gelände enthielt: Mittelgebirge, Täler, Sümpfe und Meeresstrände. Ich schluckte ein zweites Mal und sah in die vier Paare kleiner, dunkler Augen.

„In Prozenten der Landfläche gerechnet wäre dies schon eine qualifizierte Minderheitenbeteiligung", sagte ich. „Ich bin als Mann schneller und weitreichender Entschlüsse bekannt. Geben Sie mir Bedenkzeit?"

„Bis zu Ihrem Abflug von Lepso."

„Zehn Tage genügen. Sollten Sie sich mit weniger als vier Millionen Quadratkilometern begnügen, können wir jederzeit abschließen. Ist das fair? Ich werde vorläufig nicht mit Ihrer Konkurrenz verhandeln."

„Eine zufriedenstellende Zwischenlösung, Sir Quizzardo."

Wir standen auf, verabschiedeten uns fast feierlich voneinander, und die CSQN-Sekretäre verließen den Saal der Sieben Monde mit abgehackten, fast gleichzeitig ausgeführten Bewegungen. Sie nahmen alle verfügbaren Bilder, Holos und Unterlagen mit. Ich sah Decaree und Stalmaster an und pfiff leise.

„Wir sind offensichtlich zum Erfolg verdammt. Was macht unseren Planeten so begehrenswert?"

„Die Möglichkeit, im Lauf vieler Jahre an einer ruhigen, gesteuerten Entwicklung teilzuhaben", sagte Handelsattaché Varnon, „weit entfernt von stellaren Krisenherden.

Ähnlich wie Lost Diamond. Das Konsortium ist bestens über Graymonde informiert, über jede Einzelheit."

„Alle Lepsoter, mit denen ich etwas Geschäftliches zu besprechen habe, wissen über den Verhandlungsgegenstand nahezu alles." Ich stand auf und schüttelte dem Vertreter der terranischen Handelsdelegation die Hand. „Danke! Das ist ein feines und leichtes Arbeiten. Ob meine Gewährsmänner auch so viel über Lepso herausfinden? Ich freue mich schon auf heut' nacht." Der Logiksektor flüsterte: *Von Tag zu Tag erfährst du mehr. Die Vorarbeit der Botschaft und der Delegation war gründlich; sie sind professionell.*

MOND: VITAL, PLANET: GRAYMONDE, SONNE: ESCAPE 3081 a: Spezialist Kip Chelimo genoß schweigend den Ausblick über das große, verwüstete Tal. Obwohl er nichts anderes sah als erodierte Hänge, Spuren der Waldbrände, Krater und nackten, zerrissenen Boden zwischen den Abraumtrichtern, faszinierte ihn das gewalttätige Bild. Kip schwenkte das Fernrohr herum, lauschte auf das Fauchen des kühlen Höhenwindes und sah den Aasvögeln zu. Er wartete seit fünf Tagen, seit dem Abflug Atlans nach Lepso, und richtete jetzt das Instrument auf die Sandebene, die einzige annähernd waagerechte Fläche in seinem Sichtbereich. Aus der Höhle kam leise Musik; es roch nach heißem Kaffee.

„Was ist die Steigerung von leer?" murmelte Kip und zuckte mit den Schultern. Hinter dem gegenüberliegenden Bergzug wuchsen zwischen Flächenblitzen tiefschwarze Gewitterwolken in den Himmel. „Öde, grauenhaft, Graymonde!"

Kip wartete geduldig auf das Gewitter und die Wasserströme, die letztes Erdreich von den Hängen spülten, sah das wuchernde Gras, das nicht auszurotten war, aber seltsame Farben zeigte, roch den Regen, der seit Jahren mit wenig Erfolg die Luft zu reinigen versuchte und fühlte, als er zu seinem Gleiter ging, eine bestimmte Leichtigkeit der Bewegungen. Graymondes Oberflächenschwerkraft betrug 0,92 Erdnorm. Als er, den Becher in den Fingern, ins Freie kam, unterbrach ein scharfes Summen die Musikwiedergabe.

„Endlich!“

Kip grinste, trank und huschte nach hinten. In einer lunaren Felsgruppe Vitals standen ein Container und eine Ortungsantenne. Sie richtete sich, ebenso wie ihr Gegenstück auf dem Mond Solid, auf den Planeten und den planetennahen Weltraum. Kips Blicke verfolgten den winzigen Impuls, der seitlich in den Ortungsbereich einschwebte und sich dem Planeten näherte. Der Pilot des Raumschiffes versuchte nicht ein einziges Manöver der Tarnung, sondern ging in mäßiger Geschwindigkeit in einen Pol-zu-Pol-Orbit. Kip sah dem Blinken des Lichtfeldes zu; der Vorgang wurde aufgezeichnet.

„Der Chef hat recht, wie so oft.“ Wieder grinste der Spezialist. „Also wissen sie auf Lepso schon, womit er handeln wird. Überaus pünktlich – sie sind sehr neugierig.“

Während er die Flugbahn des Schiffes verfolgte, diktierte er präzise Einzelheiten für seinen Bericht. Er brauchte keine Phantasie, um sich vorstellen zu können, daß jemand in diesem Schiff die Einzelheiten der Planetenoberfläche mit größter Gewissenhaftigkeit untersuchte. Sollte es ein Schiff des Landkaufkartells sein, befriedigte ein Fachmann seine Neugierde und setzte Kameras, Objektive und die gesamte Falschfarbentechnik ein, um den Wert Graymondes bestimmen zu können. Man war an großen Landkäufen interessiert, denn wegen ein paar Quadratkilometern würde sich der Einsatz eines Schiffes nicht lohnen. Kip räumte das Stativ und das Fernrohr ins Höhleninnere, als die Sonne sich zu färben begann. Ihr stechendes Weiß wechselte von schwefligem Gelb in düsteres Rot. Das Gestirn schien sich zu vergrößern und plattzudrücken und versank hinter dem Horizont einer endlos öden Savannenlandschaft.

Kips Instrumente registrierten dreißig Runden. Das fremde Schiff verließ den Orbit, nahm Kurs auf den galaktischen Norden und verschwand vom Ortungsschirm. Kip desaktivierte die Geräte, bereitete sich ruhig eine Mahlzeit zu und verstaute seine Ausrüstung in dem

Gleiter. Ohne Eile flog er zur Kaulquappe, die unter dem löchrigen Metalldach der Iridiumverladestation wartete, klinkte die Maschine im Laderaum fest und weckte die Piloten. Das kleine Kugelraumschiff startete und flog unter Beachtung schärfster Sicherheitsmaßnahmen zurück nach Quinto-Center.

Myriaden Blätter und Ästchen zittern, Übersättigung knirscht in Millionen Quadratkilometern Rinde. Blüten und Früchte finden auch in den höchsten Wipfeln kaum Platz. Die physikalische Grenze Senoclyptes ist erreicht! Mein Lebensraum ist bis zum letzten Wurzelhärchen ausgefüllt. Dumpfer Schmerz staut sich in meinen Zellen, nicht zum erstenmal, seit ich vor Äonen das Festland erobert habe. Ich, Senoclypte, bin an meine Grenzen gestoßen. Der Bau zahlloser Brücken, Stege weit ins Meer hinaus, Tausender von Gebäuden kann, obwohl er viel Holz verbraucht, die Masse meines Körpers nicht entscheidend verringern. Der ungeheure Schatten, den meine Teile werfen, mindert das Leben anderer Teile Senoclyptes. Noch ist der Kreislauf von Kohlendioxyd und Sauerstoff nicht aus dem Gleichgewicht geraten, und meine Wurzeln ruhen in feuchtem Untergrund. Die Grenze meiner Lebensmöglichkeit ist erreicht, die Geschöpfe, die in meinen labyrinthischen Ästen und Zweigen, in leeren Fruchthülsen und am Boden des Waldes leben, können meinem planetengroßen Organismus weder helfen noch schaden. Ich fange an, mich selbst zu erdrosseln. Gehe ich, Senoclypte, zugrunde, stirbt alles Leben auf den Kontinenten dieser Welt, und bald darauf auch in den Flüssen, Seen und Meeren. Der Zusammenbruch steht kurz bevor und wird rasend schnell vor sich gehen; ein einziges, heißes Feuer genügt . . .

Ein langes, drohendes Zittern durchlief den gigantischen Ast, setzte sich in die Zweige fort und versetzte die Schlafkapsel in kreiselnde Schwingungen. Noch bevor die Morgendämmerung über dem Tal GARST das nächtliche Schwarz verdrängte, wachte Asics M21019 (F) auf. Er berührte die Blüte, die an einer langen Ranke in die Kapsel hineinhing. Zwei gelbe Früchte begannen zu glimmen. Auf dunkelgrünen Moospolstern lag Cheina, die Gefährtin dieser Nacht, die Handfläche unter der Wange, die andere Hand unter dem Magen; sie war also schwanger geworden. Asics wunderte sich nicht lange über die Klarheit seiner Erkenntnis. Er fühlte, daß dieser Tag eine Entscheidung bringen würde; es war keiner der gewöhnlichen Tage. Cheina, neunzehn Blütenwechsel jung, schlank und schön, würde ein kluges Kind zur Welt bringen. Eine (D) und ein (F), deren gegenseitige Sympathie größer war als die Norm im Tal GARST, konnten nicht irren. Während er das weiße Tuch, in das sechs goldgelbe Streifen eingewebt waren, unter den Achseln verknotete, betrachtete er die schöne Schlafende ruhig, aber in steigender Verwunderung. Er sehnte das Sonnenlicht herbei – Klarheit, Wissen und Erkenntnis warteten auf ihn in den nächsten Stunden. Er hatte es nicht gehört, nicht gelesen, aber er fühlte es, wie er den Zeitpunkt des ersten Tages der Wissensaufnahme, der ersten leidenschaftlichen Nacht erfühlt hatte.

Asics griff in die raschelnden Blätter. Die Leuchtfrüchte hörten zu glimmen auf. Der lederartige Verschluß der Kapsel glitt auseinander wie Blütenblätter; mit einem Satz war Asics auf dem feuchten, kühlen Boden. Ameisen wichen seinen Schritten aus, als er zum Steg ging, wissend, daß er Cheina niemals wiedersehen würde.

Asics wusch sich gründlich, trank kaltes Wasser und betrachtete sich im Spiegel des Trinkbechers. Erste Sonnenstrahlen flirrten hinter dem unruhig zitternden Basiswald am Hang hervor. Der Himmel färbte sich hellgrau und rosa. Als Asics seine Augen, das Gesicht, die hellbronzene Haut von Hals und Schultern sah und die schlanken Finger, die er mitten in der Bewegung anhielt, zuckte er, keuchte und wankte, klammerte sich am steinernen Brunnenrand fest.

In seinem Inneren tobte ein lautloses Gewitter. Plötzlich kannte er seinen Namen, die Stationen seiner langen Ausbildung, einzelne Teile seiner Umgebung und deren Bedeutung. Es war wie ein Aufwachen aus Dummheit und Dumpfheit. Er hob den Kopf und sah sich um: Blätter, Büsche, Äste und Früchte.

„Besser, zu schweigen. Erst fragen, wenn eine Antwort gewiß ist.“

Er flüsterte. Unter dem Straßenast, in feuchten Schatten, war er allein zwischen einigen hundert Schlafkapseln, die sich wie Kugeln an Fäden bewegten. Einige Sonnenstrahlen trafen die narbige Haut der Kapsel und ließ sie aufleuchten: hellgrün, rot, gelb und goldgefleckt. Die Trompetervögel fingen zögernd mit ihrem Morgengesang an. Asics war noch allein, pflückte eine reife Covare-Frucht und biß hinein, während die Helligkeit zunahm und die Kapsel stärker schaukelte.

Was tun? Wohin? Warum?

Er gab sich selbst die Antwort. Bevor er nicht wußte, was mit ihm geschah, sollte er besser so tun, als fange für ihn ein weiterer Tag in einer langen Reihe an. Er hörte im Süden, aus der Richtung des Watts, langgezogenen Donner und ging, nach kurzem Zögern, in diese Richtung. Asics wußte, daß die Sonne des ersten Tages in seinem neuen Leben aufging.

Er lächelte. Aus der dumpfen Ahnung würde schon bald lichte Klarheit werden. Er folgte dem Bohlensteg entlang des Baches. Im Tal GARST schien außer ihm noch kein anderer Zögling Senoclyptes wach zu sein. Insekten, Vögel, kleine Tiere und schwarze Baumkletterer mit nassem Fell summten und lärmten in Ästen und zwischen den Nestern. Der Donner verhallte. Die große Kugel aus Metall, die von den Sternen oder aus den Wolken fiel, war zwischen Brandung und Vegetationsrand zur Ruhe gekommen. Mit jedem weiteren Schritt verstärkte sich Asics' Gewißheit, daß ihn die riesige, grüne Flut auswarf wie das Meer einen toten Fisch.

Die nächste Brücke führte zu den Werkstätten und Schulen. Ein paar Kinder kicherten und rannten zum Wasser. Aus den Küchenkaminen stieg der Rauch der ersten Feuer. Am Rand des Tales, wo der Fluß sich in eine enge Schlucht zwängte, betrat Asics die lange Treppe, die im Zickzack ein paar tausend Stufen aufwärts führte, entlang am Netzwerk der Ranken über den Felsen. Nach einem Dutzend Stufen blieb er stehen, betrachtete die Bauwerke und deren Dächer, die mit feuchtem Moos gedeckt waren. Er würde sie niemals wiedersehen – so wie er niemals wieder Cheinas Haut berühren würde.

„Endgültig ...“, murmelte er. Niemand hielt ihn auf; alle Zöglinge wußten, welche Regeln für jedermann im Tal galten. Der Umstand, daß er sich zielstrebig bewegte, bedeutete für jedermann, daß er einen Auftrag hatte. Langsam kletterte er höher. Jede zweite Stufe, die in helleres Licht führte, war symbolhaft eine höhere Ebene der Erkenntnis. Er erschrak über den Klang seiner Stimme. „Aber warum ausgerechnet ich?“

Jede Regel stammte von Senoclypte: Blütenduft, eßbare Nüsse und Honig, Früchte und Pilze übertrugen Anordnungen als lebensnotwendige Trägerstoffe, alte Lehrer unterrichteten die Mädchen und Jungen, Senoclyptes pflanzliche Systeme ernährten alle. Das knarrende, duftende Holz, auf dem Asics das Tal verließ, gehörte zu den abgestorbenen, abgestoßenen und entnommenen Teilen der Landpflanze. Im gleichen Maß, wie sie ihre vielen Zöglinge ernährte, verhinderten jene transportierten Spurenstoffe sowohl Selbständigkeit als auch Eigeninitiative: Eine große Menge junger Wesen lebte hier, die nur dienende Funktionen kannten. Er, Asics, gehörte nicht zu ihnen.

Ruhig setzte er einen Schritt vor den anderen und blieb erst wieder stehen, als er, zwischen windzerzausten Nadelgewächsen, den obersten Grat des Hügels erreicht hatte. Ein langer Blick galt dem grünen Tal GARST, in dem er einundzwanzig Blütenwechsel zugebracht und gelernt hatte.

ORBANA auf LEPSO, HOTEL STERNENPALAIS, 8. Januar, 19.00 UHR: Vor dem Eingang der Nische stand Ereng Taceino, der Ertruser, und in seiner Pranke verschwand das Bierglas völlig. Die Musik in der Hotelbar war laut, zweihundert Gäste redeten miteinander, Flaschen und Gläser klirrten – es war fast unmöglich, uns abzuhören. Erengs Blicke zuckten und huschten umher, heute trug er den Krakenpinguin, der nicht weniger neugierig den Kopf hin und herdrehte. Ich blickte von einem Gesicht meiner neuen Begleiter zum anderen und sagte gerade so laut, daß sie mich verstanden:

„Ich werde allein der Einladung folgen. Unterhaltet euch gut, bleibt im Hotel oder seht euch in der Stadt um. Aber seid vorsichtig."

„Keiner kann sicher sein, ob sich nicht jemand an Alsar Quizzardos Begleitern vergreift." Rave Sounder ließ die Eiswürfel klirren. „Allein schon deshalb, um herauszufinden, ob wir echte reiche Planetenverkäufer sind."

„Dann bleibt zusammen", knurrte Myler. „Lepsos Gesetze sind dehnbar. Hüten wir uns, selbst unabsichtlich dagegen zu verstoßen. Niemand schützt uns, keiner haut uns heraus!"

„Ich muß mit dem Aufsichtsratsvorsitzenden sprechen", sagte ich. „Macht weiter, Freunde. Ich bin, bis ich abgeholt werde, in meinen Zimmern. Viel Vergnügen. Und laßt die teure Gifteauswahl im versiegelten Container."

Ich leerte mein Glas und versuchte mich auf die kommenden Ereignisse vorzubereiten. Nicht einmal der Logiksektor meldete sich. Ich wußte nicht, wer mich erwartete – und was mich erwartete. Ich war Widerstände gewöhnt, und meine Erfolge auf Lepso überraschten mich selbst. Aber in diesem Stadium der Verhandlungen brachten nicht einmal Psychopathen ihre Geschäftspartner um.

Kurz vor einundzwanzig Uhr saß ich in der Hotelhalle und sah die dritten Lepso-Orbana-Abendnachrichten, während ich auf meine Gastgeber wartete. Die kommentierenden Bildberichte waren nicht eigentümlicher als manche unserer Erlebnisse. Der Terranerjunge mit dem hungrigen Blick und die beiden Springer in Galauniformen holten mich ab.

„Sternmaster Quizzardo!" Der Junge lächelte schüchtern. „Wir dürfen Sie zu Staven ay Toyrottos Palast bringen. Dort erwarten Sie die Teilnehmer einer exquisiten Abendgesellschaft. Der Chairmann ist Toyrottos Freund. Der Gleiter wartet, Sir."

„Nicht mehr lange. Gehen wir."

Die Maschine schwebte unter dem kühnen Vordach des

Hotels in die milde Nacht Lepsos. Das Verdeck war offen; nach einigen Minuten umschmeichelten uns Seeluft und das Aroma nachtaktiver Blüten. Meine rothaarige Begleitung schwieg. Ich sah, daß wir uns langsam im weiten Bogen dem riesigen Besitztum ay Toyrottos näherten. Parks und Gebäude, von einigen tausend indirekten Scheinwerfern in ein zauberhaftes Gegeneinander von Dunkelheit und Farben getaucht, schienen ihre Lage zueinander zu verändern, als wir in einer flachen Kurve abtauchten und vor dem Eingang auf einer Terrasse landeten. Eine schlanke Frau und zwei Männer kamen mir entgegen; als sie im hellen Licht standen, war ich sicher, weder je ihr Bild noch sie selbst gesehen zu haben

4.

„Lady Daphny Letabole“, sagte der hagere, uralte Akone und lächelte kaum wahrnehmbar. „Das ist Boith, Sir Quizzardo, und ich bin, wie Sie richtig vermuteten, Staven ay Toyrotto.“

„Ich danke für die Einladung“, sagte ich und wechselte Händedrucke. „Sie haben, wenn ich es recht zuordne, ein Domizil von auserlesener Größe, Mister Toyrotto.“

„Lange genug habe ich dafür gearbeitet.“ Die Frau hätte eine ältere Schwester Charedh Grandonets sein können. Sie trug eine handgroße, weiße Blüte im schwarzen Haar. Wir kamen in einen riesigen Wohnraum, der in mehreren Ebenen angelegt und stilvoll dekoriert war. Junge Dienerinnen brachten Tabletts voller Gläser und kleinem Naschwerk.

„Ich wollte schon immer einen leibhaftigen Planetenherrscher kennenlernen.“ Boith hob sein Glas. „Einen Mann, der anderen sogar Land und damit gewissen Einfluß auf sein Herrschaftsgebiet verkauft.“

„Nur dann, wenn es nicht meinen Absichten widerspricht.“ Ich wählte einen mild alkoholischen Drink, der von einer kleineren weißen Blüte geschmückt war. Sie roch betäubend. „Aber das wird sich bestimmt im

Gespräch klären. Was haben Sie auf ‚meinem' Planeten vor?"

Boith und ich musterten einander eingehend. Er sah aus wie der Sproß einer akonisch-arkonidischen Mischehe, war etwa fünfzig Jahre alt und schlank. In seinen bernsteinfarbenen Augen unter schweren Lidern erkannte ich Selbstsicherheit, Machtstreben und Kühnheit. Er würde ein erbarmungsloser Gegner sein und war Erfolg gewöhnt; ich fühlte ersten Widerstand und die Ahnung kommender Gefahren.

„Ganz bestimmt würden wir mit hochkarätigem Tourismus anfangen. Wahrscheinlich Hochseefischerei. Daß wir bei der Renaturierung der Ödgebiete tatkräftig helfen, ist im eigenen Interesse klar. Ich plane langfristig; irgendwann wird es jagdbare Großtiere geben."

„Hört sich gut an, Boith", sagte ich. „Sie liefern auch die Infrastruktur?"

„Vom ersten Holzfäller bis zum Hotelmanager. Wenn es kein Baumaterial gibt, schaffen wir unser eigenes Holz und schnellwachsende Pflanzen mit Raumschiffen an."

„Hört sich noch besser an." Wir schlenderten langsam durch den Raum und bewunderten Holobilder in kostbaren Fassungen, Schnitzereien aus edlem Holz und archaische Steinplastiken. „Aber warum wollen Sie unbedingt eine so riesenhafte Fläche kaufen, ausgerechnet in einem stark verwüsteten Gebiet?"

„Eine Großwildjagd, die nach zwei Dutzend Kilometern zu Ende ist, kann ich nicht teuer verkaufen. Heute dringt man nicht mehr zu Fuß in einen Dschungel ein, Mister Quizzardo."

„Ein Gesichtspunkt, der mir nicht neu ist", sagte ich. „Von dieser Seite haben wir es allerdings noch nicht betrachtet. Dann macht Landkauf in großem Rahmen natürlich einen Sinn. Schade, daß der beste Landschaftsgestalter nicht verfügbar ist. Burton Artemid würde uns und Ihnen ein Paradies zeichnen und planen."

Boith hob die schmalen Brauen und zuckte mit den Schultern. Es war undenkbar, daß er nichts von Artemid wußte.

„Ich habe inzwischen natürlich jede Einzelheit Ihrer

Unterlagen durchgesehen. Kompliment! Sie sind der bestvorbereitete Anbieter, mit dem ich je verhandelt habe."

„Meine Ware mag gebraucht und reichlich abgenutzt sein." Ich lachte und lehnte mich gegen die Kante eines antiken Torflügels, dessen Bronzereliefs von einer transparenten Schicht versiegelt waren. Auf dieser Tischplatte lag ein Teil meiner Verkaufsunterlagen sauber gebündelt. „Aber mein Planet soll möglichst bald wieder grün und lebendig werden. Da lohnt sich, auch wegen der Investitionssummen, einiger Aufwand."

„Überdies brauchen Sie natürlich auch Karten und Pläne."

„So dringend wie Sie, Boith."

Wir tasteten einander mit scheinbar bedeutungslosem Wortgeplänkel ab. Lady Letabole und Toyrotto saßen auf einer Reptilledercouch und unterhielten sich leise. Die Musik war, obwohl überaus gedämpft, sehr eindringlich und exotisch. Ich kannte sie nicht. Auch die Dienerinnen erinnerten mich an Charedh; es wurde immer deutlicher, daß ay Toyrottos Sklaven und Sklavinnen zu einer einzigen Gruppe gehörten oder von einer Welt stammten, auf der nur dieser Menschentyp lebte. Diese Überlegung deckte sich auch mit sämtlichen USO-Recherchen. Allerdings: Das Personal in diesem Raum machte nicht den Eindruck, als würde es bei Ungehorsam gepeitscht oder gefoltert. Ich stellte mein leeres Glas zurück und lächelte der Dienerin zu. Sie erwiderte mein Lächeln schweigend und zurückhaltend, aber keineswegs devot.

„Ich sagte es schon Ihrer Sekretärsquadriga, Boith . . . nur ‚Boith'?"

„Nur Boith. Marotte von mir. Woanders heiße ich anders. Auf Lepso kennt man mich nur als Boith, und das soll so bleiben. Was sagten Sie den Vierlingen?"

„Daß ich kein üblicher Geschäftemacher bin. Ich will den Planeten kultivieren, und niemand soll dieses Konzept ändern. Ich will mich nicht, beispielsweise, mit Ihnen vor allen galaktischen Gerichten herumstreiten. Will auch keinen Ärger an Ort und Stelle, denn es gibt für Jahrzehnte Wichtigeres zu tun. Das sagte ich Ihrem Quartett."

„Spricht etwas dagegen, beispielsweise Pflanzen und Tiere zu importieren, die nicht zur Fauna und Flora Ihrer Welt Graymonde gehören?“

Ich schüttelte den Kopf.

„Die Fauna ist weitestgehend ausgerottet. Meeresgetier lebt wohl noch arten- und zahlreich. Bringen Sie ruhig Hirsche und Wölfe, Biber und Schmetterlinge mit – falls wir handelseinig werden und unterschreiben.“

„Sie kommen mir wirklich entgegen.“ Boith lächelte verständnisheischend. „Denn was sollten die Jäger später jagen?“

„Ich bin in diesem Punkt eigennützig. Wenn es dem Planeten und Ihnen auch nützt, gibt’s keine Einwände.“

Handelte Boith korrekt, war dieses Vorhaben uneingeschränkt zu begrüßen. Wollte er Rauschgiftpflanzen anbauen und Tiere aussetzen, deren Häute, Felle oder Stoßzähne er verkaufte, waren wir gewarnt. Was konnte schiefgehen? Nichts, wenn die richtigen Leute gewissenhaft kontrollierten. Ich grinste und ließ mich von ihm zur riesigen Sitzgruppe führen. Wir kamen an einer dicken Glasplatte vorbei und warfen einen Blick in einen kreisrunden Innenhof, in dem sich die Gewächse eines fremdartigen Parks im Nachtwind bewegten. Ich blieb stehen. Mit großen Blütenaugen starrten mich die Pflanzen an. Wieder roch ich den betäubenden, leicht fauligen Blütenduft. Als wir weitergingen, schien uns das Gewächs zu beobachten.

„Ich glaube, wir haben die gleichen Überzeugungen und Einfälle, was Graymonde betrifft.“ Boith blieb neben einer Lampe stehen. Die Enden seines dunkelblauen Haares funkelten golden.

„Ich mache sicher nicht den Fehler, Sie zu unterschätzen, Boith“, sagte ich. „Ich habe – und das ist nicht leicht dahingesagt – sehr viel Zeit für Graymonde. Ich werde also nicht jeden Preis akzeptieren müssen.“

„Das wurde mir spätestens jetzt klar“, sagte er und grinste. „Wir warten auf die Gefährtin meines harmlosen Lebens.“

„Die wir auch noch nicht kennen.“ Lady Letabole deutete einladend auf die Sessel. „Dann ist Gelegenheit für einen kleinen, bescheidenen Imbiß. Ich hoffe, Sie haben Appetit mitgebracht, Sternmaster Alsar."

„Mein Appetit auf alles Schöne und Interessante ist grenzenlos", sagte ich. „Wollen Sie auch auf Graymonde siedeln?"

„Nur investieren." Sie winkte den Dienerinnen. „Meine Stärke liegt in der Ausbildung, Führung und Kontrolle von Boiths Personal."

„Graymonde sieht interessanten Zeiten und bezaubernden Gästen entgegen." Ich war sicher, ihr deutliches Interesse hervorgerufen zu haben; nicht nur als Planetenverkäufer. Unsere Gläser klingelten aneinander. „Auf stille, arbeitsreiche Tage im Morast des Tagebaues und in den Baumschulen."

Staven ay Toyrotto war sichtlich die wichtigste Gestalt des Trios. Groß und schlank wie ein alter Arkonide, vom Typus des Akonen, lederhäutig, faltig, mit listigen Luchsaugen und silbernen Altersflecken auf den Händen. Die Fingernägel waren überlang und vergoldet, die Ringe wertvoll wie Antimaterie. Er war haarlos und hatte auf dem Schädel eine Art Kappe, die wie angewachsene Reptilhaut aussah und zu leben schien. In der Höhe der Jochbeine trug er Edelsteinimplantate. Die winzigen Steinchen flirrten und flimmerten, als wären sie von innen beleuchtet; ich wäre mit solchem Schmuck schon verrückt geworden. Auch seine Zähne waren unbezahlbare Meisterwerke. Die Augen kannten alles Schöne und Grausame von zwölf Dutzend Welten; wenn er Ehrgeiz besaß, war er schon abstrakt und fast jenseitig. Er bewegte sich mit der Schnelligkeit eines Vierzigjährigen, und auch ihn würde ich mir als Gegner nur ungern heraussuchen. Wahrscheinlich wurden wir binnen kurzer Zeit zu erbitterten Feinden. Der Logiksektor sagte: *Du hast gleich drei Katastrophen in der galaktischen Geschichte an einem Abend getroffen, Arkonide!*

„Ich bin auf Lepso der Fremde", sagte ich. „Wie paßt der Gastgeber in das zukünftige Bild Graymondes? Ich weiß nicht, welche Art Geschäfte Sie betreiben; jeder schweigt sich aus. Aber ohne Grund hat Sternmaster Dustar Cahen uns wohl nicht zusammengebracht?"

„Ich betreibe heute nur noch wenige Geschäfte. Früher schlug ich mich um jeden Solar. Ich picke mir, mit Hilfe meiner lieben Freunde" – Toyrotto grinste wie eine Hyäne – „einzelne Optionen heraus, an denen ich nur einmal, dafür aber gut verdiene. An der Entwicklung eines Teiles von Graymonde wäre ich beteiligt, würde also daran verdienen. Zufrieden mit der Erklärung?"

„Natürlich", sagte ich. „Ich verfolge selbstverständlich auch meine Ziele, und zwar mit großer Nachdrücklichkeit."

Ein kleinerer Gleiter landete auf der Terrasse. Der schweigsame Springer führte eine bildhübsche Arkonidin herein. Ich bemerkte ihren gelangweilten Gesichtsausdruck und den kostbaren Schmuck in ihrer Hochfrisur. Sie paßte zu Boith und in die luxuriöse Umgebung, kam mit schwingendem Gang näher und begrüßte uns. Ay Toyrotto bat zum Essen. Wir schwebten einen Antigravschacht abwärts, kamen in einen kurzen Felskorridor und nach einigen Schritten in eine große Tropfsteinhöhle. Über den kleinen Wellen schwebte eine weiße Plattform, auf der Tische und Stühle inmitten von Blumenarrangements standen. Die Zapfen, Kaskaden und Schleier glänzten über und unter Wasser im Licht versteckter Scheinwerfer. Der Strand war einige hundert Meter entfernt, aber hier zuckten bunte Fische über den weißen Grund.

„Ich bin tief beeindruckt", sagte ich. Die weißen Blüten jener fremdartigen Pflanze, die schon im Wohnraum nicht gut gerochen hatte, sonderten hier ein ordinäres Aroma ab. Die Dienerinnen und alle Gäste schienen den Geruch zu lieben. Ich beherrschte mich und versuchte daraus eine wichtige Beobachtung abzuleiten, ohne daß es mir gelang. Das Essen war von ausgesuchter Qualität, die Arkonidin Tharna Ikabre erwies sich als charmante Gesprächspartnerin, und weit nach Mitternacht hatten wir annehmbare Preise und Vertragsbedingungen ausdiskutiert. Einer Unterzeichnung der Verträge stand nichts mehr im Weg.

Auf dem Weg zur Gleiterterrasse drückte Staven ay Toyrotto auf die Augäpfel eines Obsidian-Frauenkopfes in einer Wand. Große Glasplatten glitten zur Seite. Wir gingen einige Schritte auf die Büsche und Bäume zu. Ich sah, daß Moos, Gräser, Ranken, Büsche und die unglaublich knorrigen und gewundenen Stämme mitsamt einem pinienartigen Wipfeldach eine einzige Pflanze waren, ein vielverzweigter Organismus, der gleichzeitig Blüten, wachsende und reife Früchte, Nadeln und Blätter trug. Wieder hatte ich das Gefühl, als starrten uns die Blüten prüfend, fast aggressiv an.

„Mein grüner Liebling." Toyrottos Gesicht wurde weich und träumerisch. „Man muß nur achtgeben, daß sie nicht durchs Haus und darüber hinweg wuchert. Ich weiß gar nicht mehr, von woher ich den Setzling hatte. Senoclypte ist fast so alt wie ich."

„Und auf ihre Weise ebenso erfolgreich. Eine Überlebenskämpferin." Die Arkonidin lachte; Toyrotto schien das Thema nicht länger angenehm zu sein. „Wollen Sie nicht einen Ableger für Ihren zerschundenen Planeten, Quizzardo?"

Ich machte eine gleichgültige Geste. Kleine Vögel, die in kopfgroßen Kapseln an langen Fäden nisteten, blinzelten tschilpend ins Scheinwerferlicht.

„Mag sein. Wozu ist die Pflanze gut? Wie heißt sie? Von welcher Welt stammt sie?"

„Senoclypte kann vieles liefern: Beeren, getreideähnliche Körner, verschiedene Früchte und wohlriechendes Feuerholz." Toyrotto schaltete die Lichter aus. Bei seinen letzten Worten zitterten die Äste, und das Blattwerk raschelte. „Ihre Herkunft ist allerdings unbekannt."

Wir verabredeten Tag und Stunde der Unterschriften, den Termin der hochoffiziellen notariellen Beglaubigung, und die Springer brachten mich zurück zum „Sternenpalais".

Bis jetzt war unsere Tarnung vollkommen gewesen; meine Zuversicht wuchs. Exakte Planungen konnten erst wieder an Bord des Schiffes im All und in Quinto-Center durchgeführt werden. Ich lag ausgestreckt im Sessel, über mir der prächtige Sternenhimmel Lepsos. Die vier, die ich heute kennengelernt hatte, arbeiteten zusammen; ich rechnete weiterhin damit, daß wir unentwegt beobachtet wurden. Wenn Boith oder Toyrotto tatsächlich den

Surfacearchitekten entführt hatten, so eröffnete dies wilde Perspektiven: Es wäre ein paar Tage nach dem ersten Versuch der Terranischen Botschaft gewesen, die für den Verkäufer der Welt Graymonde geworben hatten. *Das nenne ich Tüchtigkeit und vorauseilende Planung,* sagte ich mir und mußte grinsen. Meine Gegner waren fast so gerissen wie meine USO Teams.

Toyrotto umgab sich mit solchen „Sklaven", die er in großer Anzahl verkaufte. Ich würde sie bald auch auf Graymonde sehen. Boith hatte vor, auf Graymonde Einfluß zu gewinnen. Welchen? Die schöne Lady Letabole würde die Logistik der Sklaveneinsätze steuern, und vielleicht fanden sich auch bald Setzlinge der Senoclypte in den aschebestäubten Waldebenen des Planeten. Meine Begleiter samt der Siganesen versuchten auch in dieser Nacht Informationen aufzuschnappen – hoffentlich kamen sie alle zurück, ohne dem Nachtleben Orbanas zum Opfer gefallen zu sein. Ich dachte an meinen toten Freund Grandonet und seine Frau, die er von Toyrotto im Spiel gewonnen hatte. Die Menge und Länge der Fäden wuchs, und die Konturen des Netzes wurden erkennbar. Ich trank, um schneller einschlafen zu können, etwas blauen Lepso-Wein und träumte von den sumpfigen Flußmündungen meines Planeten.

Drei Stunden weit lag das Tal GARST hinter Asics, als er die ersten Zeichen sah. Senoclyptes Zellen hatten sein Verschwinden registriert, und die Verfolgung begann mit untrüglichen Bewegungen der Blüten. Bisher hatten ihn, ebenso wie zahlreiche andere Wanderer, die Blüten und Knospen lediglich zur Kenntnis genommen, angesehen und sich wieder weggedreht, den Sonnenstrahlen entgegen. Nun lauerten sie auf ihn, versuchten ihn zu entdecken, ehe er in Sicht kam, starrten ihn an, zwischen aufgeregt raschelnden Blättern und Nadeln hervor wie kleine, blinkende Spiegel. Er zwang sich, weder schneller noch langsamer zu gehen; das Watt würde er frühestens um Mitternacht erreichen. Bisher hatte die Pflanze noch nicht versucht, ihn anzuhalten oder in eines der zahlreichen Gebäude aus Holz und Lehmziegeln zu dirigieren, an denen er vorbeigekommen war. Im Westen loderte ein Feuer. Grauer, weißer und schwarzer Rauch drang hinter den Hügeln in die Höhe und wurde vom Wind verwirbelt. Wahrscheinlich beschäftigte der Brand die Pflanze mehr als die Unregelmäßigkeit eines einzelnen Wanderers, der nicht auf diesen Weg, in diese Tabu-Richtung, gehörte.

„Ich verstehe! Eine fast unendlich große Zahl einzelner Zellen gibt Informationen weiter. Aber hat Senoclypte so etwas wie ein Hirn, einen Verstand?"

Er jedenfalls hatte nichts außer Sandalen und ein durchschwitztes Tuch aus gesponnenem Wollblütenflaum. Während der Einsamkeit der letzten Stunden hatte Asics deutlich erkannt, wodurch er sich von der Masse anderer Zöglinge unterschied: zunächst besaß er freien Willen, daraus abgeleitet die Vorstellung eines Zieles, und schließlich das Können, dieses Ziel auch zu erreichen. Er war auf dem Weg dorthin, und weitere zwei Stunden vergingen. Inzwischen ahnte er auch, daß dieser Unterschied nichts anderes war als ein Fehler, eine Panne, das Versagen einer einzigen Zelle im Schutz des riesenhaften Organismus. Er ging weiter, aber als er eine Frucht pflücken wollte, schnellte nicht nur dieser eine Ast in die Höhe und aus seiner Reichweite, sondern auch alle anderen Früchte in der Nähe seiner Hand. Er lachte; der Stiel einer reifen Beerenfrucht brach, er fing sie auf, biß hinein und fühlte den Saft über Kinn und Hals rinnen.

„Wenn Senoclypte möglich macht, daß mein Verstand aufwacht, muß sie auch zusehen, wie ich damit fertig werde." Asics murmelte einen Fluch und verließ die Straße. Ein schmaler Pfad wand sich den Hang abwärts; über dem Meer ballten sich weiße Wolken.

Auf der Straße bewegte sich ein langer Zug schwerbeladener Zöglinge. Sie trugen Truhen, Ballen, Container und Fässer aus der großen Metallkugel; Asics wußte inzwischen, daß es ein Transportmittel zu anderen Welten war. Er wich den Trägern aus und duckte sich unter den tiefhängenden Zweigen. Neben dem Pfad ringelten sich lange Dornenranken und hoben sich, griffen nach seinen Füßen. Er sprang im Zickzack zwischen Dornen und scharfen Gräsern hin und her, wich auf die Felsstufen eines Wasserlaufes aus und drehte den Kopf. Über ihm schüttelten sich ächzende Äste. Wenn er weiterhin in solch großer Schnelligkeit floh, würde er weit vor Mitternacht das Meer erreicht haben. Aber wahrscheinlich brach er vorher vor Erschöpfung zusammen.

Kleine, harte Nußfrüchte fielen aus großer Höhe herunter. Einzelne Zweige bogen sich hoch, schnellten zurück und schleuderten Früchte nach Asics. Er warf sich zur Seite, bückte sich und fühlte die Treffer auf den Schultern und dem Rücken. Er rannte auf dem feuchten Pfad weiter, sprang über mächtige, knorrige Wurzeln und duckte sich unter dem Hagel der kleinen Geschosse. Jetzt brauchte er sich nicht mehr zu fragen, ob Senoclypte seine Flucht bemerkt und mißbilligt hatte.

Senoclypte war überall. Die Kanten der Gräser versuchten ihn zu schneiden, die Dornen stellten sich auf, und die Absicht, ihn mit Nüssen und Aststücken zu verwunden – oder zum Rückweg zu zwingen –, wurde von Schritt zu Schritt deutlicher erkennbar. Die Wipfel raschelten, schüttelten sich wie im Sturm, scheuchten Vögel und kleine Tiere aus den Nestern und überschütteten Asics mit abgestorbener Rinde, Blättern und Nadeln. Er hoffte, daß der enge Pfad, der sich zwischen breiten Lianenvorhängen wand, möglichst bald aus dem Wald und auf freiere Fläche hinausführte; die Pflanze würde ihn auch dort sehen können; leichter und deutlicher.

„Nur im Wasser kann sie mich nicht mehr sehen!“

Ein abenteuerlicher Plan nahm nach einigen Dutzend Schritten deutlichere Gestalt an. Asics glaubte zu wissen, wie er den letzten Teil seiner Flucht zurücklegen konnte. Die Lianen rechts und links des Pfades zitterten, bildeten Schlingen und rissen sich von den Ästen los. Asics hatte noch immer den Vorteil, daß er schneller rannte, als die Pflanzenteile reagieren konnten. Hinter ihm pfiffen die Schlingpflanzen wie Seile durch die Luft und verknoteten sich gegenseitig.

„Ihr seid . . . du bist nicht schnell genug für mich“, keuchte er und sprang über das nächste Quellrinnsal. Er landete in einem Ameisenhaufen, überschlug sich und wagte durch einige Büsche zu stolpern, um die rasenden

Kerbtiere abzustreifen, die ihn bissen und überall auf die Haut ihre ätzenden Sekrete sprühten. „Aber vielleicht bist du viel zu groß für mich?"

Weiße und gelbgrüne Pilze, groß wie Kinderköpfe, bliesen ihre Sporen in seine Richtung, und einige Zeit war es, als liefe er durch Rauch oder dichten Nebel. Er fragte sich, ob Senoclypte seine Gedanken lesen konnte. Verfolgte sie ihn nur, weil er sich aus dem Tal GARST entfernt hatte, oder weil sie imstande war, seinen Versuch als „Flucht ohne Rückkehrabsicht" zu erkennen? Er wußte es nicht; müßige Überlegungen, die er rasch vergaß, als er weiterrannte, auf einen Fleck Helligkeit zu, der hoffentlich eine Lichtung ankündigte. Wieder setzte ein Bombardement aus Nüssen und Zapfen ein. An seinen nackten Oberarmen sah er Stiche und Schnitte und Abschürfungen. Er rutschte auf dem nassen Lehm aus und rollte sich über die Schulter ab, als er durch einen Busch in den Bereich grellen Sonnenlichts fiel.

Es war Mittag. Die Sonne strahlte fast senkrecht in die Lichtung hinein. Asics kam auf die Beine und rettete sich auf eine Sandfläche. Langsam drehte er sich einmal um sich selbst und beobachtete die Waldränder. Seine Furcht, daß ihn auch andere Zöglinge zu verfolgen begannen, schwand ein wenig, denn er konnte nur die Laute und Geräusche der aufgeregten Pflanzenteile hören, keine Schreie oder Rufe. Wieder richteten sich zahllose Blütenaugen auf ihn, Lianen schüttelten sich drohend, und die Baumwipfel befanden sich noch immer in höchster Unruhe. Über der Lichtung kreisten große Vögel und schrien. Er wischte den Schweiß mit dem nassen Stoff aus dem Gesicht und zwang sich dazu, ruhig durchzuatmen.

Er wußte nicht genau, wo er sich befand, und wie weit es noch zum Meer war. Aber es war ihm gelungen, die Richtung einzuhalten. Der warme Südwind trug den Geruch des Salzwassers bis hierher. Er schloß die Augen und hielt die offenen Hände hinter die Ohren. Von rechts hörte er ein Geräusch, das nicht zum Wald paßte. Nach einiger Zeit erkannte er das Knarren von hölzernen Rädern.

„Dort drüben. Eine Straße!"

Er folgte zweihundert Schritte weit, bis zum gegenüberliegenden Ende der Lichtung, einem Tierpfad, nahm einen Anlauf und stürzte sich wieder ins Halbdunkel des Waldes. Abermals griff jeder Pflanzenteil, der sich bewegen konnte, nach ihm oder bewarf ihn mit Rinde, Nüssen oder überreifen Früchten. Ein Mückenschwarm stürzte sich auf ihn, als er im Halbkreis auf die Straße zurannte und sich zwischen Büschen duckte, die ihn zu erdrosseln drohten. Vier Schritte vor ihm wirbelte Staub von der leeren Straße. Er grinste trotz der Schnitte und der juckenden Schicht aus Pilzsporen, Rindenstaub und Schweiß auf seiner Haut. Ohne zu zögern rannte er auf die Straße hinaus und mit schlappenden Sandalen nach Süden weiter, auf offenes Land zu. Die Waldränder wichen zurück; er schien auf der Straße wieder allein zu sein, nachdem die Laderäume des Schiffes geleert worden waren.

Aus Erzählungen – obwohl die Zöglinge nur wenig über solche Erlebnisse miteinander sprachen, die von der Norm langer Tage abwichen – hatte er erfahren, daß diese große Kugel solche Güter von fernen Welten brachte, die Senoclypte nicht liefern, oder die man aus ihrem Holz und den vielen unterschiedlichen Früchten und Zapfen nicht herstellen konnte. Jedesmal, nachdem eine solche Lieferung verteilt worden war, fehlten Zöglinge. Kinder, Erwachsene, meist junge Männer und Mädchen, die gerade den zwanzigsten Blütenwechsel hinter sich hatten, aber auch jüngere Bewohner des Tales. Jetzt wußte er plötzlich wohin sie verschwanden: das Sternen-Wolken-Schiff nahm sie mit. Wohin? Auf andere Welten. Dort konnten sie anwenden, was sie im Tal GARST und an anderen Stellen gelernt hatten.

Er lauschte wieder und hörte zu rennen auf. Am nächsten Brunnen wusch er sich ebenso gründlich wie das Tuch, wickelte es naß wieder um die Brust und wartete, bis sich das Wasser geklärt hatte. Er trank, sah nach dem Stand der Sonne und entdeckte weit voraus eine waagerechte, blaue Fläche. Das Meer! Viele Stunden fehlten bis Mitternacht! Die metallfarbene Kugel sah er hinter der Kulisse aus Felsen, Dünen und großen, aber vereinzelt stehenden Wäldchen nicht. Noch immer wütete im Westen der Waldbrand. Eine Rauchwolke bedeckte fast den gesamten nördlichen Horizont und füllte inzwischen wahrscheinlich das Tal aus. Als er weiterging, flog nur ab und zu eine kopfgroße Nuß zwischen den Stämmen hervor und zischte knapp neben ihm ins Gebüsch.

Zweieinhalb Stunden später warf sein Körper einen langen Schatten nach Osten. Hinter ihm blieben die breiten Streifen aus Strandhafer, windzerzausten Nadelbäumen und einige Haufen weißes Treibholz zurück. Er sah und hörte die Brandung und erinnerte sich, vom Wechsel der Gezeiten gelernt zu haben. Als er über den heißen, geriffelten Sand der Düne ging, tauchte weit rechts von ihm die Kugel hinter den Felsen auf; das Watt war von der Flut bis zum nächsten Treibgutwall bedeckt. Asics blieb stehen und starrte das Schiff wie eine Erscheinung aus wirren Träumen an.

„Das ist mein Ziel“, sagte er und setzte sich in den Sand. Einige Atemzüge später stand er unruhig wieder auf, watete ins Meer hinein und fühlte halb erleichtert den Schmerz des Salzwassers in den kleinen Wunden. Er ging weiter, bis das Wasser seine Schultern bedeckte, und konnte den Blick nicht von den Vorgängen zwischen den Metallbeinen der Kugel lösen.

Noch immer gingen Zöglinge zwischen dem Uferwald und dem Schiff hin und her und trugen schwere Lasten. Eckige Öffnungen in der Kugelwand waren auf, und in den Netzen sanken weitere Gepäckstücke in den Sand. Frauen und Männer, die sich am Ende einer Rampe bewegten, trugen Stiefel und farbige Kleidung und sahen ganz anders aus als die Zöglinge mit ihrem dunklen Haar und der hellbronzenen Haut. Wieder fügten sich Ahnungen und Gewißheiten, Erkenntnisse und Vermutungen in ein größeres Bild zusammen, das Asics zwar gefühlsmäßig zu verstehen glaubte, aber nicht völlig deuten konnte. Er machte im glühendheißen Sand zögernde Schritte und schüttelte den Kopf.

„Jetzt sehen sie mich bald“, murmelte er. „Ich muß auf die Nacht warten.“

Er zog sich zurück, verließ das Wasser und trocknete die

Haut in der Abendsonne. Einmal rannte er zur Straße, sammelte Nüsse auf und trank. Die großen Nüsse öffnete er zwischen den Dünen mit scharfkantigen Steinen und kaute das gelbe Mark aus dem Inneren der pechschwarzen Schale. Er wartete voller Ungeduld und sah der Sonne zu, die sich fast unmerklich zu färben begann und dem Horizont entgegensank. Die Zone unter dem Schiff wurde strahlend hell. Mächtige weiße Strahlenbündel kamen aus halbkugeligen Lichtquellen. Für ihn stand fest: bald würde die Kugel wieder aufsteigen und zu einer anderen Welt fliegen; dorthin, woher die Pakete und Kisten mit ihrem wertvollen Inhalt kamen. Dann, im letzten Sonnenlicht, sah er eine Gruppe Zöglinge im Sand neben der Rampe stehen.

Er wechselte die Deckung und glitt zwischen Dünen und dem Treibholz, das wie Knochenhaufen aussah, näher ans Schiff heran. Er sah zwei Kinder, etwa zwölf Blütenwechsel jung, drei junge Frauen und fünf Männer. Sie warteten geduldig und schienen zu essen, denn sie hielten würfelförmige Pakete in den Händen und führten kleine Brocken an die Lippen.

Als die letzten Teile der Ladung weggetragen wurden, näherten sich von Norden noch mehr Zöglinge. Er versuchte sie zu zählen und kam bis sechsunddreißig. Ohne Eile gingen einige von ihnen ins Schiff und kamen nicht wieder heraus.

„Auch ihr wißt nicht, wohin sie euch bringen“, flüsterte er und bemerkte, daß die Fremden Stäbe in den Boden rammten. Die Frauen und Männer des Schiffes zogen mit den Stäben einen weiten Kreis um das Schiff, während Asics das Meer beobachtete und sah, daß die Ebbe aufgehört hatte. In zwei Stunden kam die Flut und würde einige der Metallpflöcke erreichen. Er ging daran, den letzten Teil seiner Fluchtplanung in die Tat umzusetzen, und zerrte drei große Stücke Treibholz bis zum Rand des Wassers. Einmal sah er, wie ein Fremder an die Hüfte griff, einen Gegenstand packte und einen langen, dünnen Feuerstrahl auf einen Wattwolf abfeuerte, der ihm zu nahe gekommen war. Das Tier hinkte heulend in den Schlick zurück.

„Sie verwunden und töten mit Feuer", brummte Asics. „Das sind die ‚Waffen', von denen die Lehrer erzählt haben."

Die Zeit schlich dahin, das Wasser stieg mit heranrauschenden Gischtstreifen. Nachtjagende Meeresgeschöpfe gerieten an ein hochkant stehendes Band aus purpurnem Dunst, das sich zwischen den Pflöcken spannte. Kleine Blitze warfen die Tiere wieder in die Wellen zurück. Asics schob die Treibholzäste ineinander, hielt sich am dicksten Teil fest und schob seine Konstruktion auf das Schiff zu, einige hundert Schritte weit vom Strand entfernt. Zuerst hatte er geplant, sich mit der Nachtluft schwimmend dem Schiff zu nähern, in einem weiten Halbkreis vom Dünenversteck aus. Jetzt würde ihm das Holz auf andere Weise dienen müssen.

Die Sterne flammten auf, noch ehe das dunkle Rot des Sonnenunterganges verschwunden war. Asics schwamm, wenn er den Boden unter den Füßen verlor, und schob das Holz vor sich her. Die Wellen hatten längst seine Sandalen weggespült, sie bestanden ohnehin nur noch aus Löchern und Fäden. Langsam und fast lautlos kam das seltsame Treibgut von Süden her auf den hellen Kreis aus Licht zu. Asics nahm das Geschehen in kleinen Abschnitten wahr. Jedesmal, wenn ihn eine Welle hob, sah er mehr Einzelheiten. Die Zöglinge waren fast alle im Schiff. Nur fünf Wachen standen in einer Gruppe zusammen und sprachen miteinander. Das Schwemmholz näherte sich dem Zaun aus verdichtetem Nebel, und Asics gab dem Baumstamm einen Stoß, ehe er tauchte.

Einige Atemzüge später schob die auslaufende Brandungswelle das Holz gegen den Zaun. Blitze zuckten und prasselten, die Farbe des Streifens änderte sich, und kurz darauf gab es drei knallende Explosionen. Asics tauchte, ließ sich von der Welle mitziehen und spürte Sand unter den Handflächen, als er unter dem glühenden Band hindurchschwamm und hochkam, als das Holz zu brennen anfing. Die Wachen rannten auf die Lücke um Zaun zu, schrien aufgeregt und richteten ihre „Waffen" in die Dunkelheit. Das Holz begann an einigen Stellen zu rauchen, drehte sich, und Dampf zischte in die Höhe. Asics lief zum Ende der Rampe, schaute sich um und bemerkte, daß er von niemandem beobachtet wurde. Am oberen Ende des langen Steges wartete auch niemand auf den Eindringling. Mildes, gelbes Licht zeigte seltsame Einzelheiten, einige Lichter brannten und blinkten. Asics atmete tief ein und rannte auf nackten Sohlen über das schwarze, federnde Material, so weich wie Waldboden, aufwärts, ins Schiff hinein.

„Ich hab's geschafft", flüsterte er und suchte nach einem Versteck. Schrankähnliche Gegenstände aus Metall standen aus den Wänden des runden Raumes hervor. Aus großen, lichterfüllten Löchern in zwei nebeneinanderliegenden Röhren kamen aufgeregte Stimmen. Einige Worte konnte Asics verstehen; er sah sich wie gehetzt um und öffnete eine metallene Platte, deren Griffe ihn an Einrichtungen im Tal GARST erinnerten. Dahinter lag ein dunkler Raum. Er sprang hinein und zerrte die schwere Tür hinter sich zu.

„Wenn das Schiff einmal fliegt, werden sie mich nicht mehr zu Senoclypte zurückbringen." Durch den schmalen Spalt sah er, wie sich drei Mitglieder der Schiffsmannschaft, die Waffen in den Händen, aus der Öffnung der Röhre schwangen und die Rampe hinunterrannten. Er verbreiterte den Spalt, und als sich seine Augen ans Halbdunkel gewöhnt hatten, sah er sich von Fächern, grellfarbenen Gerätschaften, merkwürdigen dicken Kleidungsstücken mit halb gläsernen Kopfhelmen umgeben, von unzähligen schwach glimmenden Leuchtfeldern und Schaltern. Er setzte sich auf eine festgezurrte Kiste und merkte zum erstenmal, daß seine Finger zitterten. In den Knien breitete sich kalte Lähmung aus.

„Was soll ich jetzt tun, daß sie mich nicht sehen?" Warten, dachte er. Ein besseres Versteck suchen. Aufregung, Anstrengung und Erleichterung ließen ihn taumeln. Er hielt sich an Metallgriffen fest und lauschte auf Geräusche im Schiff. Zwei Männer sprachen über brennendes Treibholz und verschwanden im Loch der anderen Röhre. Dann näherten sich andere Wachen, blieben in seiner Nähe stehen, und einer sagte:

„Start im Morgengrauen. Wir werden gleich abgelöst."

5.

RAUMHAFEN KOUCHELLA, LEPSO, 16. JANUAR 2400. AN BORD DER MIZAR. Seit rund einem halben Jahr erreichten Informationen aus vielen Bezirken die Galaxis, mühsam zusammengetragen von meinen Mitarbeitern, der United Stars Organisation: bemerkenswert schwerwiegende Beobachtungen, die sich alle unter einem gefahrschwangeren Stichwort katalogisieren ließen. Eine riesige, weitverzweigte Organisation, ein noch namenloses Verbrechersyndikat, in dem sich Akonen, Aras, Springer und Arkoniden versammelten, wuchs lautlos und mächtig heran. Ich ahnte, daß sich Angehörige bekannter Sternvölker mit einer fremden Rasse oder mehreren zusammengeschlossen hatten, um den politischen Resten der Galaktischen Allianz und dem Solaren Imperium zu schaden. Mehr als 1110 Planeten in mehr als 1010 Sonnensystemen waren potentiell gefährdet. Ich hörte den Logiksektor wispern: *geh kein Risiko ein, solange das Schiff nicht weit genug von Lepso entfernt ist. Und wie war das mit den Landkäufern auf Lost Diamond, bei Uslan Grandonet?*

Ich schob Papierstapel, Kassetten, Memowürfel und Speicherkristalle auf der Tischplatte zur Seite, schwang den Sessel herum und legte die Füße auf den Tisch. Lautlos bauten sich Bilder auf den Holoschirmen auf. Aus dem Inneren des Schiffes – eine konfiszierte Einheit, völlig umgestaltet und auf den Luxusbedarf von Alsar Quizzardo zugeschnitten – kamen Geräusche, die mir den bevorstehenden Start signalisierten.

„Unruhige Tage und Nächte auf Lepso – vorbei!“ sagte ich und versuchte zusammenzurechnen, was ich erlebt hatte. An die CSQN waren tatsächlich sieben Millionen Quadratkilometer verkauft worden. Mein Team hatte den Einsatz unversehrt überstanden; von Toyrotto, Boith und Lady Letabole schied ich als Freund. In Quinto-Center, dem Mond von 62 Kilometern Durchmesser, dessen Namen auf einen Vorschlag Reginald Bulls zurückging, würden wir alle Einzelheiten zusammenfügen und auswerten können.

Aus dem Lautsprecher, der meinen Aufenthaltsraum

mit der Kommandozentrale verband, kam die trockene Stimme des Piloten.

„Wir haben Startfreigabe. Zurück zu Ihrem Wohnsitz, Sir?"

„Selbstverständlich. Starten Sie, Myler."

Natürlich war in unser schwach gesichertes Schiff eingebrochen worden. Auch in diesem Fall waren absolute Profis am Werk gewesen. Da nicht das winzigste Detail auf die USO hindeutete, hatten wir so getan, als hätten wir nichts gemerkt. Das Schiffchen startete und entfernte sich mit mäßiger Beschleunigung von Lepso.

„In einer Stunde treffen wir uns in der Messe, Freunde", sagte ich über den Interkom. „Allgemeiner Gedankenaustausch. Ich denke, wir haben viel Material zusammengetragen. Jetzt können wir frei sprechen."

Ebenso selbstverständlich, wie wir die Durchsuchung des Schiffes hingenommen hatten, waren meine Teams ausgeschwärmt und hatten auf jedem Deck nach Abhöranlagen gesucht. Das Schiff war sauber, unsere Unterhaltungen würden ebenso geheim bleiben wie unser Kurs, der natürlich Quinto-Center als letztes Ziel hatte. Ich drehte mich halb herum und musterte den Krakenpinguin. Die beiden Schleusen waren geöffnet, die Siganesen machten es sich auf der Schreibtischplatte bequem und beschäftigten sich damit, ihre Aufzeichnungen in die Computer einzuspielen.

„Ihr zwei habt euch hoffentlich überall herumgetrieben wie die legendären Hummeln", sagte ich leise. „Beim Essen mit dem Sklavenhändler konnte ich euch nicht bemerken."

Der Spezialist benutzte Mikrophon und Lautsprecher des Krakenpinguins.

„Wir waren in der Höhle, bei der Senoclypte und überall. Aber auch wir haben kein Geheimnis aufgedeckt. Es gibt unzählige Ton- und Bildaufzeichnungen, Sir."

„Ausgezeichnet, Spezialist." Ich hob die Hand und drosselte die Lautstärke meiner Stimme. „Wir sind noch in den ersten Kapiteln der Geschichte. Mit jeder Woche wird deutlicher, daß Grandonets Tod und der verwüstete Planet

Graymonde nur Teile einer weit größeren Auseinandersetzung sind."

„Verstehe, Sir. Wir erkennen auch noch keine überzeugenden Zusammenhänge."

Während des Fluges programmierten wir die Speicher mit unseren Beobachtungen, Bildern, Aufzeichnungen von Gesprächen, Hinweisen und ersten Analysen. Unsere zusammengetragenen Informationen rundeten das Bild der Hauptpersonen ab, füllten die Dossiers und brachten erstaunliche Einzelheiten ans Tageslicht, aber wir hatten noch keinen einzigen Beweis. Kurz nachdem wir in Quinto-Center eingeschleust hatten, bestätigte sich unser Verdacht: auch auf Grandonets Planet Lost Diamond hatten Boith und sein CSQN-Kartell Land zu kaufen versucht.

Andere Aufgaben waren wichtiger, weil sie schneller erledigt werden mußten. Ich schickte Chelimo und Bethina als offizielle Vertreter – bestens getarnt und maskiert – nach Graymonde. Die Verlegung des USO-Ausbildungszentrums von Fossil nach USTRAC – United Stars Training Center – vor einundvierzig Jahren war ein kluger und notwendiger Schachzug gewesen; aber ich mußte organisatorische Veränderungen vornehmen, die mit der Umorganisation der USO zu tun hatten. Wir schützten vornehmlich das Solare Imperium, und dessen innen- und außenpolitische Schwierigkeiten schienen nicht abzunehmen. Die Verträge, die Graymondes Rekultivierung betrafen, wurden eingehalten und erfüllt. Unter Wahrung sorgfältiger Tarnung halfen auch einige der Spezialraumschiffe der USO jenem mutigen Alsar Quizzardo, indem sie Dünger, Samen, Setzlinge und Planiermaschinen auf Graymonde ablieferten. Der Zerfall der Galaktischen Allianz hatte längst stattgefunden, und aus ehemaligen Partnern waren Gegner geworden, die wir – unabhängig von der Solaren Abwehr und der Solaren Flotte – bekämpfen mußten.

Ich war auf dem Weg zu meinem Büro und blieb auf der strahlend hellen Kreuzung vieler Korridore stehen.

Unwillkürlich heftete sich mein Blick auf die tief eingegrabenen Glyphen der Felswand.

ATLAN, las ich, und das Zeichen für DANK . . .

Ich lächelte und erinnerte mich ohne die Schwierigkeiten, die solche Erinnerungsschübe aus sehr ferner Vergangenheit oft mit sich brachten:

Als ich auf der Galaktonautischen Akademie Iprasas ausgebildet worden war, lernte ich die Helagh-Lebewesen von Naphoora kennen, die mit diesem großen, stabilen Mond auswanderten, dem „Mond Naphooras"; tiefschlafend und an die Traummaschine angeschlossen. Ich entsann mich an Akhisar und daran, wie ich während meiner Flucht vor den Maahks die Spur des Mondes verloren hatte. Eine Reihe akustischer Signale weckte mich aus dem Halbtraum.

„Atlan! Dringendes Gespräch von Lost Diamond! Es geht um sieben Sklaven von Lepso und Grandonets letzte Aktivitäten."

„Ich komme!" Die Gegenwart hatte mich wieder eingeholt. Ich rannte zu meinem Büro und aktivierte die Lautsprecher. Auf dem Interkomschirm erkannte ich das Zeichen einer Hyperfunkverbindung und den Ertruser Girard Kjeell, den Administrator Lost Diamonds. Er wirkte aufgeregt und hob grüßend die Hand. Am Bildrand blinkten die Symbole für Kodierung der Sicherheitsstufe Drei/Rot.

„Sir! Eine wichtige Meldung. Offensichtlich hat Ihr Freund Grandonet eine wichtige Spur verfolgt und auf lange Sicht geplant. Folgendes ist passiert . . ."

Ich schaltete Monitor und Lautsprecher auf Dokumentation und hörte mir eine verblüffende Geschichte an:

Asics M21019 (F) wagte sich erst nach Stunden aus seinem Versteck hervor. Er fand eine Metalltreppe, die aufwärts führte, zu Magazinen, Schleusen und weiteren Eingängen anderer Vorratsräume. In der perfekten Ordnung des Sternenschiffes war es für ihn nicht schwer, zuzusehen, wie die Zöglinge neu eingekleidet wurden. Er suchte sich aus dem reichhaltigen Vorrat von Bordschuhen, Stiefeln, Kleidungsstücken und Ausrüstungsgegenständen passende Teile heraus, in denen er weiter durch die Ringkorridore schlich und die Besatzung belauerte.

Er lernte, einige Automaten zu bedienen – es gab Essen und Getränke, trockene Tücher, Seife und andere Kleinigkeiten.

Er schaltete sich in die Bordkommunikation ein und lernte, in einem Laderaum hinter leeren Containern versteckt, die Sprache der Schiffsmatrosen und deren völlig neue Terminologie zu verstehen. Er stahl Matratzen aus leeren Mannschaftskabinen, andere Kleinigkeiten, lernte Duschen zu bedienen und fand einen Mechanismus, der sein schulterlanges Haar so kurz schnitt, wie es die meisten Männer an Bord trugen. Im dunklen Winkel des Containerverstecks schlief er, ohne allzu häufig zu erschrecken. Die radikale Veränderung aller Geräusche ließ ihn erkennen, daß das Schiff eine andere Welt anflog und dort landen würde. Er merkte sich jede Winzigkeit, die er auf dem Interkomschirm erkannte.

Siebzehn Zöglinge verließen, halbwegs verändert, das Schiff. Den Namen der Welt erfuhr Asics nicht. Aber die Leute, die im Tal GARST aufgewachsen waren, hatten sich ebenfalls verändert und glichen nun mehr den Schiffsangehörigen. Jeder besaß ausreichend Kleidung und – offensichtlich aus langer Überlegung und großer Erfahrung zusammengestellt und in eine Tasche gepackt – jene Kleinigkeiten, die das Leben auf der fremden Welt erleichterten. Uniformierte kamen ins Schiff und kontrollierten die Zöglinge, die vom Fahrer eines schwebenden Gefährtes abgeholt wurden. Sie zeigten handgroße Dokumente mit vielen Zahlen und Buchstaben und einem kleinen Bild des Inhabers. Bald darauf startete das Schiff wieder, und Asics wagte sich aus seinem Versteck hervor.

In den Stunden, in denen die Beleuchtung gedrosselt war, pirschte er durchs Schiff. Er versuchte jede einzelne Tür zu öffnen und wurde glücklicherweise noch immer nicht bemerkt. Er hörte und verstand Namen, lauschte schweigend und lernte sie auswendig. Jede Winzigkeit untersuchte er, lernte deren Funktionen oder Sinn kennen, wich den Zöglingen ebenso aus wie den Wachen und stahl nur das, wovon er wußte, daß es niemand vermissen würde. Er verlor das Zeitgefühl und entdeckte es mühsam wieder, als er endlich die Ziffern von Uhren und Digitalanzeigen richtig deuten konnte.

„Ich bin wirklich in einer ganz anderen Welt", flüsterte er, als er etliche Decks über der Polschleuse – auch diese Bezeichnung konnte er seit vielen Tagen richtig anwenden – in einen Raum eindrang, der voller Bildschirme war, die meisten größer und schärfer als der Interkom in seinen Verstecken. Er sah verschiedene Ansichten des Sternenhimmels, der sich drehte, kippte und veränderte; er sah kleine und große Kugeln, die nur teilweise im Bereich seitlicher Helligkeit lagen und seltsame Zeichnungen auf der Oberfläche, undeutlich unter Dampfschleiern, erkennen ließen. Verwirrt verließ er den „Astrogationsraum" und erfuhr erst Tage später, daß es sich um andere Welten, deren Sonnen und Monde handelte. Wieder leitete die Besatzung eine Landung ein.

Einundzwanzig Zöglinge, diesmal in wallende, weiße Gewänder gekleidet, verließen das Schiff und wurden von Männern abgeholt, die in den Sätteln stinkender Reitechsen hockten. Ein Container mit unbekanntem Inhalt schwebte auf den Boden des Raumhafens, der nichts anderes als eine staubige Weide war.

„Noch zwei Landungen", hörte Asics später. „Und ein schöner, langer Urlaub auf Lepso. Die EMPRESS hat die Pause ebenso nötig wie wir."

„Wegen der sieben Sklaven müssen wir auf diesem Terra-Planeten landen! Unangenehm korrekte Leute. Ertruser!"

Es klang wie eine Verwünschung.

„Geschäft ist Geschäft, Raumfahrer!"

Asics merkte sich jedes Wort und entschied, daß er nach der nächsten Landung die EMPRESS verlassen würde. Während der Pause würde man ihn zweifellos finden und bestrafen; wahrscheinlich brachte man ihn zur Senoclypte zurück. Er achtete darauf, die „Sklaven" genau zu beobachten und fand heraus, daß auch die beiden Kinder als nächstes aus dem Schiff gebracht würden. Er wählte spät nachts, wieder im Weltraum, den Bibliotheksspeicher an und las alles, was er unter dem Stichwort „Sklave" fand; Sklavenarbeit, -halter, -händler, -markt; Sklaventum, Sklaverei, sklavischer Gehorsam, und einen Abriß über die Sklaverei Terras und der Galaxis seit Anfang der Sozialgeschichte.

Er begriff langsam, aber in Schritten furchtbarer Erkenntnis. Senoclyptes Welt war der Hortplanet, auf dem er und seinesgleichen Kinder zeugten, die aufwuchsen, geschult und schließlich an jeden verkauft wurden, der sie brauchte – wozu auch immer – und teuer dafür bezahlte.

Die Zöglinge/Sklaven bekamen in ihren Schiffszellen eine Schulung, die sie unter großen Hauben erduldeten, über ihre Köpfe gestülpt. Man gab ihnen unauffällige, braun-graue Kleidung. Asics stahl Hose, Hemd, Jacke und Cape und belauerte jeden Handgriff der Raumfahrer. Er beobachtete die vier jungen Frauen dieser vorletzten „Lieferung“. Sie waren so schön wie Cheina und taten gehorsam, was die Raumfahrer befahlen. Als Asics eine Waffe fand, zögerte er lange, ehe er sie in den Gürtel schob. Vier Nächte lang las er alles, was ihn interessierte, in den Projektionen der Bibliothek, und als die Maschinen zu brummen anfingen, das Schiff zitterte und sich schüttelte, als das Brausen der Lufthülle schwach durch die Metallwände drang, verließ er sein Versteck. Er überwältigte einen männlichen Sklaven, nahm dessen Besitztümer an sich und blieb bis zum kurzen Ruck des Aufsetzens im Sklavenquartier versteckt.

Höfliche, riesenhafte Männer, Ertruser, kontrollierten die Ausweise, stellten ein paar Fragen und sahen zu, wie die sieben Sklaven in einem Gleiter davonschwebten. Die Maschine trug Ziffern und das Wappen einer wichtigen Dienststelle. Als sie auf das Gebäude aus Stahl, Stein und Glas zuschwebte, las Asics schweigend:

RAUMHAFEN DELTA CASTELLIS, LOST DIAMOND.

Er hob die Schultern und musterte die Gesichter seiner riesenhaften Begleiter. Ihre Haut war dunkler als die der Senoclypte-Zöglinge. Erst jetzt begriff er, daß er den Sklavenhändlern entkommen war. Er suchte die Blicke der anderen Sklaven: Gleichgültigkeit, Hoffnung und die

Ahnung einer seltsamen Zukunft kennzeichneten den Gesichtsausdruck der Männer und Frauen. Asics lehnte sich zurück und schwieg, bis der Gleiter vor einem Turmbau hoch auf einer Felsklippe bremste und niedersank.

Er war auf Lost Diamond gelandet. Aber was erwartete ihn auf diesem Planeten? Welche Form der Sklaverei?

Ich hatte schweigend angehört, was Kjeell berichtete. Er grinste kühl. „Also: die Administration bezahlte schnell und schaffte die sieben Sklaven in Sicherheit. Ich kann mir nur denken, daß zwei verschiedene Unterabteilungen für den Doppelmord und Grandonets ‚Sklavenbestellung' verantwortlich waren, Sir."

Ich nickte bedächtig und richtete den ausgestreckten Zeigefinger auf Kjeell.

„Ich kann mich darauf verlassen, daß die Sklaven gut behandelt werden. Sofort gebe ich Befehl, daß ein Schiff sie abholt und hierher bringt. Versuchen Sie, etwas von ihnen zu erfahren, ja? Möglicherweise kommen wir mit ihrer Hilfe an Toyrotto heran. Völlig richtig gehandelt, Kjeell!"

„Danke, Sir. Sie machen den Eindruck, als würden sie seit Tagen langsam aufwachen und begreifen, was sie waren und sind. Gilt nicht für Asics M zwozehnneunzehn F. Er hat berichtet, daß er zu früh aufgewacht ist. Ein interessanter, gut ausgebildeter Bursche, Sir, der sein Wissen aus dem Computer des Sklavenschiffes hat."

Ich streckte die Hand aus, um die Verbindung zu trennen.

„Decaree Moonthorne gibt Ihnen die wichtigen Daten und so weiter durch. In zwei Stunden ist das Schiff nach Lost Diamond unterwegs. Wir schicken Ihnen die neuesten Buchspulen und Musichips mit. Um unsere Gegner zu ärgern, sollten Sie eine Informationssperre verhängen. Motto: Die sieben Sklaven sind entweder nie angekommen, spurlos verschwunden oder von unbekannten Planetariern gekauft worden. Die Sklaven dürfen auf keinen Fall mit Ihnen und der Diamond-Administration in

Verbindung gebracht werden. Notfalls geben sich meine Leute als Sklavenhändler aus. Klar?"

„Vollkommen klar, Lordadmiral!"

„Viel Erfolg. Ende."

Noch bevor er sich bedanken konnte, schaltete ich das Gespräch zu Decaree und lehnte mich zurück. Ich grinste breit: das Bild der verwirrenden Situation wurde deutlicher und farbiger. Eine Panne der Organisation – und Toyrotto schickte sieben Sklaven an einen Toten, der gestorben war, weil er dem Geheimnis der Sklaven auf der Spur war. Den Einwurf des Extrasinns hatte ich erwartet: *Toyrotto und Boith werden bald von der Panne erfahren und alle Spuren zu verwischen versuchen, Atlan!*

„Alle Spuren können sie nicht verwischen", sagte ich und registrierte vergnügt, daß sich meine Stimmung verbesserte. Es dauerte nicht lange, die Position eines Schnellen Kreuzers herauszufinden, der in der Nähe von Lost Diamond, Sigma Raphis, operierte. Befehle gingen hinaus. Bis die Sklaven in Quinto-Center eintrafen, wohlversorgt und vielleicht schon in der Lage, sich zu erinnern, gab es genügend Zeit, in der ich mich von den Fortschritten auf Graymonde überzeugen konnte. Kip Chelimos und Bethinas Berichte klangen durchaus positiv.

PLANET GRAYMONDE, MÜNDUNGSDELTA DES QAT-RIVER: Es gab Aufträge, sagte sich Spezialist Chelimo, an denen man für lange Zeit eine Menge Spaß hatte – selbst auf Graymonde. Sein Wohncontainer, auf Stelzen zwischen Dünen und Sumpfrand aufgebaut, war nur ein Teil des Lagers aus Fertigbauten. Im Westen brummten riesige Maschinen mit Planierschaufeln, denen ebenso große Pflüge folgten. Vor der Hügelkette, mitten am größten und „schönsten" Strand dieser Breitengrade, lud ein Transportschiff der CSQN-Arge große Mengen geschälter, gleichlanger Baumstämme aus; einige Hektar Wald, schätzte Chelimo. Er nahm den gelben Schutzhelm ab, holte eine Dose alkoholfreies Bier aus dem Kühlschrank, riß sie auf und blickte zwischen Planungskarten und dem breiten Geländestreifen hin und her, der von

Sumpfrand, Brandung und Berghang abgegrenzt wurde. Der Boden war tief umgepflügt, gesäubert und gedüngt worden. Einige Millionen unterschiedlicher Setzlinge steckten schon in der Erde Graymondes.

Zufällig sah Chelimo, wie ein Saatschiff, weit im Westen, über die neue Savanne orgelte. Sämtliche Ruinen waren geschleift und, wenn möglich, zum Bau von Fundamenten benutzt, und etwa tausend Quadratkilometer verwüstetes Land waren planiert worden. In das weiche Erdreich schlugen jetzt, wie Meteoriten, nacheinander Zehntausende tropfenförmig eingefrorene Setzlinge ein, deren Eis um die Wurzelballen binnen Minuten schmolz. Trotzdem breiteten sich Dunst und Nebel im Landesinneren aus. Als Kip Chelimo den Kopf drehte, bemerkte er mitten im Sumpf einen Buckel aus schwarzem Schlamm, Treibholztrümmern und losgerissenen Pflanzen. Er ließ verblüfft die Dose sinken, beugte sich vor und murmelte:

„Das muß ein Unterseeboot sein! Oder ist das der letzte Saurier dieser Welt?"

Auch auf Graymonde waren die Saurier seit etlichen Dutzend Millionen Jahren ausgestorben. Aber an der Stelle, wo Flußwasser durch das Delta mäanderte, hob sich ein großer, dunkler Körper aus dem Schlick, der seit zwei Jahrhunderten planetare Giftstoffe filterte und speicherte. Kip setzte den Helm ruckartig auf, nahm hastig einen tiefen Schluck und riß den Feldstecher an die Augen. Das Ding, das ganz langsam mit der Strömung trieb, war dreimal so groß wie ein terranischer Elefant. Kip schüttelte den Kopf, steckte die Waffe ein und kletterte die Leiter hinunter. Sekunden später summten die Maschinen des Gleiters auf, und Kip stöhnte:

„Ich habe das Handbuch wirklich halb auswendig gelernt. Aber von einem solch riesigen Biest steht nichts drin."

Das Lager und die Wohnbaracken waren, bis auf Küche und Magazin, menschenleer. Alle Teams arbeiteten weit vom Delta und dem Strand entfernt. Niemand außer Kip hatte das Tier gesehen. Er schwebte etwa einen halben Kilometer weit über Riedgräser, Sumpfpflanzen und pechschwarze Wasserlöcher, ohne das Tier aus den Augen zu lassen. Über narbige Haut, die wie uraltes Leder aussah, rannen Wasser und Schlammfladen. Rücken, Hals und Schwanz schienen einem Saurier zu gehören, aber Kip glaubte nicht daran. Er drosselte die Geschwindigkeit der Maschine und schlug einen Kreis um die unerwartete Erscheinung ein, die halb schwamm und halb zu waten schien, dem hellbraunen, aber sauberen Wasser des Mündungsdeltas entgegen. Zweimal tauchte das Tier wieder unter und spülte den Schlamm von der Haut, und als es am südlichen Rand des Deltas über feuchten Sand ging, konnte Kip seine Entdeckung zum erstenmal genau und in voller Größe sehen:

Sechs verhältnismäßig schlanke, lange Beine, die in trichterförmige Füße ausliefen, ein grobgeschuppter Reptilienkörper, der in einen Pferdehals auslief. Der Kopf, eine Mischung zwischen Reptil, Schildkröte und Delphin, mit sechs großen, überraschend intelligent wirkenden Augen, die quer über der Stirn halbkreisförmig in einem Band angeordnet waren, senkte und hob sich. Das Tier starrte Kip und den Gleiter an und stellte kleine, runde Ohren auf. Es öffnete den schnabelartigen Rachen, und eine lange, gespaltene Zunge ringelte sich heraus. Kip zog den Geschwindigkeitshebel und schwebte ruhig über dem fremden Wesen; er hatte den flüchtigen Eindruck, als wolle das Tier ihm etwas mitteilen. Der Körper richtete sich auf, die Vorderbeine hoben sich, und die langen Klauen schienen zu winken.

„Ich werd' verrückt“, sagte sich Kip leise. „Wenn das der Chef erfährt, dreht er durch. Das sind genau die Tiere, die Boiths Gäste jagen werden. Viel zu schade für die Touristen.“

Das Tier stieß einen langen, fast melodischen Schrei aus, stemmte die Klauen in den Sand und rannte unbeholfen erst entlang des Strandes, dann ins seichte Meerwasser, schließlich auf die Brandungswelle zu. Langsam folgte Kip. Als er die tiefen Eindrücke sah, erschrak er. Der Leviathan war überraschend schwer, blickte sich mindestens ein dutzendmal nach ihm um und schwamm mit der Schnelligkeit und Eleganz eines Delphins oder eines kleinen Orca-Wales nach Südosten, auf eine der Inseln zu. Nachdem das grünlich-schwarze Tier das dritte Mal getaucht war, wartete Kip fast eine halbe Stunde lang. Das Tier tauchte nicht mehr auf. Der Spezialist zuckte enttäuscht mit den Schultern und flog zum Stützpunkt zurück. Er war über sich selbst wütend, denn meist lag eine Kamera oder ein Recorder in Griffnähe.

„Das kann bedeuten", murmelte er, als er wieder in der geräumigen, von Karten, Holophotos und Plänen übersäten Baubude stand, „daß wir auf Graymonde noch eine ganze Reihe massiver Überraschungen erwarten dürfen."

Er sah auf die Uhr, sprach seine Beobachtungen ins Protokoll und wartete auf Bethina, die den Nachbarcontainer bewohnte. Spezialmaschinen, Schiffe und Arbeitsgruppen kämpften sich vom östlichen Rand der zentralen Landmasse auf breiter Front nach Westen, auf den Mittelpunkt des Kontinents zu. Dort kontrollierte Bethina, neben Kip vorläufig erste und einzige Vertretung von Alsar Quizzardo. Auch sie hatte keinen Grund zur Klage. Jeden Tag meldeten sich andere Teams bei ihr; mindestens zwei Raumschiffe suchten um Landungserlaubnis nach. Die Fristen der Verträge wurden in vollem Umfang erfüllt, und die Teamleiter sprachen davon, daß ein Transmitter installiert werden sollte.

Kip nahm den gelben Helm ab und ließ sich schwer in einen Faltsessel fallen. Seltsame Erlebnisse waren für einen USO-Spezialisten zwar nicht gerade alltäglich, aber auch keineswegs selten. Der Augenkontakt mit dem rätselhaften Sechsbeiner besaß für ihn eine besondere Bedeutung, und da er gewohnt war, seinen Überlegungen einiges Gewicht beizumessen, würde er sich damit beschäftigen. Mitten in seine Gedanken schrillte das Signal des Funkgerätes.

Er kippte einige Schalter und nahm das Mikrophon in die Finger. Ein Impuls blinkte auf dem Ortungsschirm.

„Planet Graymonde. Projektüberwachung, Büro Quizzardo", sagte er. „Ich sehe, Sie sind im Peilstrahl-Landeanflug?"

„Richtig. Schiff JUGGLER mit Fertigbauteilen,

Maschinen, Saatgut, Werkzeug und eintausend Mann Personal. Erbitten Landeerlaubnis."

„Genehmigt. Landen Sie südlich der Befeuerung, am Strand. Zum Aufbau Ihrer Luxus-Quartiere kann ich Ihnen leider keine Hilfskräfte zur Verfügung stellen."

„Unwichtig. Wir sind ziemlich autark. Wir landen also auf . . ." Es folgte eine Breiten- und Längenangabe, die genau Kips Standort entsprach. Er sagte:

„Exakt. Landen Sie. Wir haben genug Platz."

„Danke, Bürochef Quizzardo."

Kip nickte und schaltete das Gerät aus.

„Jetzt wird's eng und gemütlich hier. Zeit, daß der Chef kommt." Er kannte nur einen Teil der Informationen um Graymonde; es war zu seiner eigenen Sicherheit, denn schließlich hatten sie viel zu verbergen. Tausend neue Helfer würden in den nächsten Tagen ausschwärmen und zu schuften anfangen. Sowohl die Maschinen, die Schiffe und die Arbeiter waren nur der berühmte Tropfen auf den glühenden Stein namens Graymonde. Er sah der Landung des Schiffes zu und gab es bald auf, Zelte und Wohncontainer zu zählen. Ein Großteil der Arbeiten ging nachts bei Tiefstrahlern weiter.

Immer wieder wurde ich an Charedh Grandonet erinnert, als ich zusah, wie die Sklaven sich während der Befragung verhielten. Die Kinder, ein Junge und ein Mädchen, spielten mit einigen Servorobotern in einem Magazin; ihr Geschrei klang in den Stollen des ausgehöhlten Mondes befremdlich. Ich sah auf die Monitoren und war nahe daran, selbst Fragen zu stellen. Asics M21019 (F) schien längst völlig „erwacht" zu sein, den vier jungen Frauen und Männern fiel es schwer, sich zurechtzufinden. Stalmaster, der mit Decaree die Ermittlungen leitete, seufzte und faßte unsere Erkenntnisse zusammen.

„Etwa zwanzig Jahre lang sind Sie auf einem unbekannten Planeten aufgewachsen und in allen möglichen Berufen geschult worden. Anziehungskraft wie gewohnt, also um Faktor Eins, eine gelbe Sonne, kein kalter Winter im Tal GARST. Sie bekamen Nummern und Namen zugeteilt und, je nach Fähigkeit, eine Kennziffer . . ."

„Zwischen (A) und (H).“ Asics nickte. Seine Selbstsicherheit schien seit dem Start von Lost Diamond nicht geringer geworden zu sein. „Und fast alles, wovon wir lebten, lieferte uns Senoclypte.“

Ich zuckte zusammen, stand auf und schlug die Hand gegen die Stirn. Der Logiksektor rief alarmiert: *Senoclypte! Eine weitere Verbindung. Paßt genau in deine Ermittlungen.*

Ich beugte mich über das Terminal, rief die Informationen von Lepso ab und schaltete sie auf die Monitoren am anderen Ende des Korridors. Ich trug noch immer die Maskierung Alsar Quizzardos, weil ich fest damit rechnete, auf Graymonde mit Boith zusammenzutreffen. Durch ein Seitenschott kam ich in den Aufenthaltsraum. Asics hielt die Hand einer jungen Frau und meinte zögernd:

„. . . dauerte der Flug der EMPRESS mindestens dreizehnmal vierundzwanzig Stunden. Habe ich recht, Bikilah? Die Zeiteinteilung habe ich erst spät entschlüsselt.“

Ich setzte mich zwischen die Sklaven, aktivierte den Monitor und zeigte auf die Bildfolgen. Als Boith und Toyrotto auftauchten, reagierte keiner der „Zöglinge“. Die grünschuppige Kappe auf Kopf und Nacken von Staven ay Toyrotto schien auf den Bildern der Siganesen zu leben; sie bewegte sich über den Ohren und unter dem Kragen. Eine zusätzliche Seltsamkeit. Ich wartete, bis die Aufnahmen der Siganesen den runden Innengarten des Toyrotto-Palastes und die Senoclypte zeigte.

„Seht genau hin“, sagte ich. „Ist das die Pflanze, die im Tal GARST wuchs?“

„Das ist nur eine winzige Teilmenge“, sagte Asics mit großer Sicherheit. Die Sklaven nickten; kein Zweifel. „Senoclypte ist auf der Welt, von der ich geflüchtet bin, groß wie ein Kontinent. Eine Großpflanze, vom Moos bis zum Baumriesen.“

„Offensichtlich ein Kollektivorganismus.“ Ich entsann mich ähnlicher Monsterpflanzen. „Kann es sein, daß eine Substanz Senoclyptes, die ihr durch Früchte, Pilze, Honig oder das Einatmen ätherischer Öle seit der Geburt aufnehmt, wie eine Psychodroge wirkt?“

„Psychodroge? Was ist das?“ sagte Tamui, der andere junge Mann. Stalmaster und ich erklärten es. Asics grinste breit.

„Wahrscheinlich auch im Fisch, den wir aßen. Das meiste Fleisch war nicht aus GARST. Es kam von anderen Welten. Was immer es ist, seit wir weg sind, wirkt es nicht mehr. Vielleicht haben sie’s noch in der EMPRESS gegessen. Ich klaute der Mannschaft das Essen und die Getränke.“

„Das erklärt vieles.“ Ich berichtete, was mir Charedh Grandonet vor Jahren erzählt hatte. „Ihr seid durch diese Spurenstoffe und die Form der Erziehung konditioniert worden. Jeder, der euch etwas befiehlt, kann sicher sein, daß ihr folgt. Wenn der Körper endlich die Droge ausgeschieden hat, ist es zu spät. Dann habt ihr neue Sklavenherren und keine Gelegenheit, eigenen Willen zu zeigen.“

„Sie denken an die Arbeiter auf Graymonde, Sir“, sagte Stalmaster. Ich nickte grimmig.

„Auch an diese Sklaven Boiths. Und daran, daß er Senoclypte-Ableger auf meinem Planeten pflanzen wird. Heitere Aussichten, Decaree! Aber das hatten wir ja schon vermutet. Die Zöglinge sind natürlich untersucht worden? Und die Labors suchen nach dem Senoclypte-Faktor?“

„Selbstverständlich, Sir.“ Stalmaster schien fast beleidigt zu sein. „War unsere erste Maßnahme. Wenn es etwas herauszufinden gibt, finden sie’s in den Labors.“

„Ich habe nichts anderes erwartet“, sagte ich. „Macht euch schon einmal Gedanken, wo wir unsere neuen Freunde unterbringen können. Als vollwertige Mitarbeiter, nicht als Sklaven.“

Decaree salutierte ironisch; ich konnte mich darauf verlassen, daß mehr als das Nötige getan wurde. Woran erinnerte mich der Kopfputz Toyrottos? Als ich in mein Büro zurückging, fiel es mir ein: an die Haut von Maahks, jenen sogenannten „Methanatmern“, die wir in der Schlacht von Trantagossa mühsam besiegt hatten. Ich hob ratlos die Schultern, schaltete eine Sternkarte auf den Monitor und betrachtete die Positionen von Sonnen und Planeten: Graymonde war in dieser Darstellung der zwölfte Planet in einer nahezu geraden Linie, die zwanzigtausend Lichtjahre vom galaktischen Zentrum aus der Ebene herauszeigte, in die Richtung des Andromedanebels und der vorgelagerten Kleingalaxis Andro-Alpha. Toyrottos Haube, ein Geschenk eines Grek-Wesens? Undenkbar! Ich betrachtete noch einmal konzentriert sämtliche Aufnahmen der Siganesen und fand – wieder einmal – keine Antwort auf die Fragen. Auch das Wühlen in meinen Erinnerungen, zwischen Chrysalgira, dem „Multiple"-Wesen auf Foppon, den machtgierigen Verganen und deren Dreißig-Planeten-Wall, den ich zusammen mit der einzigartigen Amoustrella ein zweitesmal entdeckt hatte, brachte keine Erklärungen. Als die blinkenden, farbkodierten und mit winzigen Legenden versehenen astronomischen Holobilder sich langsam weiterbewegten, zum Teil vor der Kulisse aus Dunkelwolken und dem weißen Glühen des galaktischen Kerns, verdichtete sich der Verdacht, daß sich ein schweigendes, verstecktes Heer aus der Vergangenheit rüstete, um die Gegenwart anzugreifen und zu terrorisieren. Ich desaktivierte die Bildschirme, lehnte mich zurück und starrte nachdenklich den Wasserfall des japanischen Gartens an. Wieder einmal wurde ich gezwungen, zu warten und noch mehr Informationen zu sammeln. Bekannte und unbekannte Bauern, Springer, Türme und Könige führten auf dem galaktischen Spielbrett einzelne Züge aus. Ich und die USO gehörten zu diesen manipulierten Figürchen.

Gerade als Decaree hereinkam, setzte ich einen weiteren Einfall in einen Befehl um und rief die Flugbereitschaft.

„Schickt ein getarntes Schiff in Richtung Lepso. Die EMPRESS, die vom Senoclypte-Planeten kam, wird dort überholt. Verfolgt das Schiff. Die Wahrscheinlichkeit, daß die EMPRESS wieder dieses Ziel ansteuert, ist groß. Verständigt die entsprechend ausgerüsteten Stützpunkte, wenn nötig. Ich erwarte nicht, daß es einfach sein wird – die EMPRESS ist ein Sklaventransporter. Unser neuer ‚Mitarbeiter' Asics ist vielleicht interessiert, mitzufliegen. Alles klar?"

„Geht in Ordnung, Sir."

„Das wollte ich gerade vorschlagen“, sagte Decaree. „Wann ist dein Flug nach Graymonde geplant?“

Ich sah meine Unterlagen durch und sagte:

„Ich treffe mich mit Boith etwa am fünfzehnten März. Wenn ich von Kip Chelimo und Bethina Skah keine Alarmmeldungen erhalte, bleibt’s bei diesem Termin.“

Decaree setzte sich und programmierte zwei Becher Thaccom aus dem Automaten. Als das dampfende Getränk vor uns stand, sagte sie halblaut:

„Wenn Boith auf Graymonde seine Senoclypte-Schößlinge setzt, ist nach einiger Zeit damit zu rechnen, daß er seinen Teil deines Planeten als Brut- und Hortwald benutzt. Noch mehr Sklaven.“

„Damit müssen wir rechnen“, sagte ich. „Bis zu diesem Zeitpunkt unternehmen wir nichts und stellen uns dumm. Er hat schon mehr als tausend Sklaven dort abgesetzt. Wahrscheinlich plant er, sie als Urbevölkerung zu verwenden.“

„Diese erstaunliche Pflanze“, sagte Decaree. „Denkst du auch an jene uralte Quizfrage: Wenn eine schnellwachsende Pflanze neunundneunzig Tage braucht, um eine bestimmte Fläche halb zu füllen, genügt ein Tag, die Fläche ganz zu bedecken. Wenn die Senoclypte wirklich einen ganzen Kontinent besiedelt, erstickt sie am eigenen Wachstum. Das dürfte Senoclyptes existentielles Problem sein.“

„Und Boith verdient wahrhaft stellare Summen dadurch, daß er Senoclypte hilft. Keine Sorge – wir werden ihm das Handwerk legen.“ Ich versuchte meine Ungeduld zu unterdrücken. „Es wird nicht einfach sein, und es dauert seine Zeit. Alles geht weiter wie bisher.“

„Und in der Zwischenzeit treibt diese Bande von Sklavenhändlern und Entführern weiter ungehindert ihr Unwesen!“ Decaree zuckte hilflos mit den Schultern. „Niemand wäre auf sie aufmerksam geworden, wenn sie nicht deinen Freund und seine Frau ermordet hätten.“

„Richtig. Deshalb gebe ich die Regie der Verfolgung nicht aus der Hand“, sagte ich. „Die USO hat den längeren Atem.“

„Und die besseren Leute, die modernste Ausrüstung und hochklassige Motivation."

Wir sahen einander schweigend in die Augen und warteten auf den nächsten Zwischenfall, der die Spur heißer machen und das unvermeidliche Ende näher bringen würde.

6.

CAMP QUIZZARDO DELTA, PLANET GRAYMONDE: 15. MÄRZ 2400, BERICHT BETHINA SKAH: „Einer der Kontrollpunkte, von denen die Fortschritte der Rekultivierung am besten zu beobachten und kontrollieren sind, ist Kips Höhle, hoch über dem Zentralen Tal. Inzwischen ist die Höhle wohnlich eingerichtet; es stehen sämtliche technischen Gerätschaften zur Verfügung . . ."

Der Druck des Gummischutzes erzeugte unangenehmes Jucken. Bethina massierte die Haut um die Augen und zwinkerte. Heute war das Tal nicht mehr wiederzuerkennen. Auch die meisten Berghänge boten einen ungewohnten Eindruck: In zahllosen runden Vertiefungen wuchsen in humusangereicherter Erde eineinhalb Meter große Baumschößlinge. Bethina holte tief Luft und war sicher, daß sie besser roch als je zuvor. Jedenfalls roch sie gesünder. Hunderttausende kleiner Bäume, zwischen ihnen hellgrüne Gräser, bildeten unregelmäßige Muster auf der welligen, hügeligen Fläche des Tales, in dessen Mitte die Schlangenlinie des zukünftigen Flusses ausgebaggert war, etwa siebzig Kilometer lang. Mündung und Quellgebiet lagen außer Sicht. Ein Warngerät summte. Bethina drehte sich herum und schaltete das Funkgerät ein, sah das Signal auf dem Ortungsschirm und sagte:

„Hier Bethina. Willst du mich zum Essen einladen, Kip?"

„Erst wenn wir mit diesem Ortungsimpuls fertig sind. Sieh genau hin. Das ist kein anfliegender Transporter. Antwortet nicht auf meine Anrufe."

„Ich sehe ihn deutlich."

Die Ortungsprojektoren auf den Monden Vital und Solid

und beide Anlagen auf Graymonde arbeiteten zusammen und projizierten ein scharfes Echo auf den quadratmetergroßen Schirm. Das vorläufig letzte Transportschiff mit einer Ladung Bauholz und Schößlingen von drei Dutzend unterschiedlicher Baumarten war gestern gelandet. Es lag keine weitere Meldung vor. Jetzt steuerte ein kleines Schiff den Planeten an. Die Flugbahn deutete auf den Südosten ihres Standortes, auf Meer und Inseln jenseits von Kips Baulager. Mit hoher Geschwindigkeit tauchte der Fremde in die äußeren Schichten der Atmosphäre, verzögerte mit ebenso hohen Werten und schlug eine weite Kreisbahn ein, die ihn über das südöstliche Meer führte, unterhalb des Äquators.

„Kann es sein, daß uns der Chef überraschen will?“ fragte Bethina. Kip lachte heiser und sagte:

„Kaum. Quizzardo landet mit Pomp und rotem Teppich bei uns. Schließlich haben wir den einzigen Raumhafen des Planeten. Ein fremdes Schiff. Ich nehme auf, was der Schirm zeigt.“

„Gut so. Der Fremde scheint etwas oder jemanden zu suchen.“

Das Raumschiff tauchte noch tiefer und glitt in etwa tausend Metern Höhe in einem enger gezogenen zweiten Kreis über Meer und Inseln. Die Geschwindigkeit nahm ab, als sich das Schiff einem Archipel näherte. Ein Gefühl der Unsicherheit bemächtigte sich der USO-Agentin. Der Fremde steuerte langsam und in einer Spirale wieder auf die Bucht zu, an deren Strand sich das Hauptlager ausdehnte.

„Ich versuche, das Schiff anzumessen“, sagte Kip. „Höchst rätselhaft. Wie dieses monströse Tier aus dem Schlammdelta.“

Während Bethina schweigend die Flugbahn studierte, zogen abendliche Gewitterwolken auf. Ein Antigravkran hob einen robotischen Riesenpflug vom Endpunkt der bearbeiteten Fläche hoch und transportierte ihn mit blinkenden Lichtern heulend ins Landesinnere, zum nächsten Bereich.

Das Schiff war nicht größer als eine Kaulquappe. Die Meßeinrichtungen arbeiteten klickend und knisternd.

Nach einer Weile, in der sich die Spirale weiter verkleinerte, schlugen aus einem Projektor spitzkegelförmig energiereiche Strahlenbündel, berührten Klippen, Strände und Wasser. Die Nacht hatte bereits begonnen, als über einer großen, namenlosen Insel der Mittelpunkt der Spirale erreicht war. Das Raumschiff hielt an. Energiereiche Strahlen zuckten schräg abwärts und schlugen ein. Die Einschlagstellen waren zu weit entfernt, aber Bethina sah die grellgrünen Strahlen bis zum Höhlenvorplatz. Mindestens fünfundzwanzigmal feuerte der Fremde ins Gestein der Insel und ins Meer. Zwanzig Minuten lang geschah nichts. Unvermittelt wurde der Strahlenkegel abgeschaltet, und das Schiff startete mit Höchstwerten senkrecht zurück zu den Sternen. Über dem Tal zuckte der erste Blitz. Bethina wartete, bis der Impuls aus der Reichweite der Ortung verschwand und sagte:

„Er hat, für mich eindeutig, etwas ganz bestimmtes gesucht und vielleicht auch getroffen, Kip. Vielleicht deinen komischen Sechsfüßler?"

„Lach nicht. Das ist durchaus nicht unwahrscheinlich."

„Sollte Quizzardo nicht erfahren, daß sich Unbefugte auf verbotenem Gelände herumtreiben und seinen Besitz zerstören? Übrigens – ich übernachte hier und kontrolliere morgen Planareal Zwei."

„Schade. Ja, in meinem nächsten Bericht, morgen früh, erfährt er von dem fremden Schiff und der Schießerei."

„Ich bin sehr beunruhigt. Hier regnet es gleich. Das Wetter spielt beim Wiederaufforsten mit. Ende für heute."

Blitze zuckten, langgezogener Donner rollte, und leichter, leiser Regen kam von Westen. In strahlendem Scheinwerferlicht näherte sich ein Frachtschiff und warf im Flußbett eine Ladung Kiesel, Sand und Felsbrocken ab, verteilt auf rund zwanzig Kilometer. Mit heulendem Antrieb raste es zurück nach Westen, mitten durchs Gewitter.

Nachdenklich blieb Bethina vor dem leeren Ortungsschirm stehen. Der Regen erreichte die Höhle. Sie zog Planen über die empfindlichen Teile der Geräte, schaltete die Lichter ein und erhitzte Fertiggerichte für ein schnelles Abendessen. Als sie im ersten Sonnenlicht das

Tal betrachtete, lächelte sie: Die Fläche aus hoffnungsfrohem Hellgrün war, so weit der Blick reichte, fast lückenlos. Es schien, als würde sich Graymonde tatsächlich erholen und zu einem sehenswerten Planeten zurückverwandeln.

LEPSO, STADT OLBIKILA, GALAKTISCHER ZOO; EXOTENABTEILUNG: Die einundzwanzig epsalischen Raumkadetten aus der Stadt Rimdan gingen ohne Eile die spiralige Rampe zu den unterplanetarischen Habitaten hinunter; ihre Gestalten fielen unter den vielen anderen Gästen des Lebensparks kaum auf. Ihr Führer, ein asketisch schlanker Ara, drehte sich um. Er überragte sie um mehr als zwei Köpfe. Die hellblauen Uniformen der Jungen saßen an den muskelstarrenden Körpern, die fast so breit wie hoch waren, wie angegossen.

„Als angehende Raumfahrer wird es Ihnen, meine jungen Herren, geläufig sein" – er hustete asthmatisch – „daß die Angehörigen des Methan-Hydrogen-Sternenvolkes auf eine lange dokumentierte Geschichte zurückblikken. Sie sind Schwerkraft zwischen zweikommaneun und dreikommaeins Erdnorm gewohnt und entbehren des Luxus von Eigennamen; jeder heißt Grog, Entschuldigung, Grek mit angefügter Nummer. Sie atmen Wasserstoff, das in den Paralungen energiebildend reagiert. Aus verständlichen Gründen befinden sich unsere Exemplare – ein hochherziges Geschenk Staven ay Toyrottos, des Stellvertretenden Wirtschaftssenators der Schwesternstadt Orbana, hinter druckfesten, einseitig verspiegelten Panzerglassitscheiben. Das Display informiert Sie über andere, nicht weniger faszinierende Umstände des kosmisch-exotischen Lebens."

Die Kadetten betrachteten die beiden Maahks fast ehrfürchtig. Die Wesen, etwa zwei Meter und zwanzig Zentimeter groß, in den Schultern eineinhalb Meter breit und von einer grüngeschuppten Haut bedeckt, saßen an einem titanischen Tisch und schienen Handarbeiten zu verfertigen; man sah farbige Garne, Knüpfnadeln und Messer, die Zahnbein bearbeiteten, und im fahlen Licht des Habitats glänzte die Haut der Krakenarme silbern, changierte ins Farblos-Grüne und funkelte bisweilen hinunter zu den sechs Fingern.

„Erlaubt sich Lepso, zwei lebende Aliens auszustellen, oder sind es nur Roboter?" fragte ein Kadett. Der Ara warf dem Umweltangepaßten einen tadelnden Blick zu. „Wo denken Sie hin, Kadett? Das sind persönliche Freunde Rat Toyrottos!"

Im Hintergrund des Raumes, der dem hallenartig großen Saal eines Wohnraumes nachgebildet war, lagen Stoffe oder Häute in einem Bad oder Gerbtank. Die Kadetten versuchten, den Text der Monitoren auswendig zu lernen, denn auch dieser Besuch war ein Teil ihres umfangreichen Ausbildungsprogramms. Ein Kadett fragte:

„Und dies wäre demnach der erste Vorposten der Exoten in unserer heimischen Galaxis, Sir?"

„Keinerlei Informationen verfügbar. Aber sie sollen mit Toyrotto verhandelt und sich für eine Zeitlang als Studienobjekte zur Verfügung gestellt haben. So mindern sie die Kosten ihres Aufenthaltes; der Aufwand, sie am lepsotischen Wohlleben zu erhalten, ist tatsächlich beträchtlich."

Ein Roboter, der Imbiß, Fertiggerichte und Getränke verkaufte, schob sich hinter seinem gewaltigen Vorratsbehälter die Rampe hinunter. Die Gummiwalzen quietschten auf dem Belag. Er hielt vor der breitesten Sichtscheibe, zwischen den Kadetten, summend an und klappte die Platte vor seiner Brust hoch.

Schlitze, Öffnungen und blinkende Bedienungshinweise erschienen. Einige Epsal-Kadetten wichen zur Seite aus. Der Robot hob die Arme, richtete sie auf die Scheibe und sagte schrill und stockend:

„Die Direktion . . . bittet . . . zur Seite . . . zu treten."

Er schien zu warten, bis sich zwischen ihm und der Scheibe eine Gasse gebildet hatte. Seine Fingerglieder kippten nach unten, aus den röhrenförmigen Hülsen zuckten heulende Energiestrahlen, zerschmetterten die Scheibe, und die Bedienungstafel der Brust verwandelte sich in eine Batterie Rohre, aus denen Projektile fauchten. Die Kadetten und der Ara sprangen nach rechts und links in Deckung. Flammen, Explosionen, Rauch und detonierendes Wasserstoffgas verwandelten diesen Teil der Anlage in ein stinkendes, erdrosselndes Inferno. Die Todesschreie hallten wie Donner durch den breiten Korridor. Teile der Einrichtung brannten mit violetten Flammen. Das klirrende Prasseln der Glassittrümmer hörte auf. Die Maschine detonierte in einer Serie von Explosionen, die am Kopfteil begannen und sich bis zu den Walzen fortsetzten; Münzen, brennende Geldscheine, Getränkeflaschen, Becher und schmorende Multigeschmacksriegel wirbelten mit langen Rauchfahnen nach allen Seiten. Tuben und Druckblätter zischten, ihren verdampfenden Inhalt ausstoßend, wie Geschosse durch die Luft. Automatische Feuerlöschanlagen sprühten zischend; in ihrem wäßrigen Schaum verwandelte sich der Fundus des Vorratsschrankes in eine mißfarbig schillernde Brühe, die schwappte. Alarmsirenen und puffende Explosionen aus dem Inneren des Habitats vermengten sich zu einem akustischen Inferno, und der Ara schrie mit sich überschlagender Stimme die Epsaler zusammen und flüchtete durch den nächstgelegenen Notausgang. Er hustete würgend einige Minuten lang und sagte in sachlichem Tonfall:

„Es besteht wohl kein Zweifel, daß es echte Lebewesen waren. Auf Roboter macht kein Roboter geglückte Mordanschläge."

Die Rettungskommandos kämpften sich mit Atemschutzgeräten durch den Nebel, der beißend nach Ammoniak stank und jedes lebende Wesen aus der Anlage vertrieb. Hustend und mit tränenden, brennenden Augen enterten die Epsaler den Gleiter und schwebten zurück in ihre karge Unterkunft. Bis zu ihrem Abflug konnte der Staatliche Wohlfahrtsdienst Lepsos nicht klären, wer der Urheber dieses Attentats war; ein USO-Späher, der die Nachricht weitergab, glaubte gehört zu haben, daß es sich – dies behaupteten die Ara-Mediziner, von denen die Ergebnisse der kriminaltechnischen Sezierung bekanntgegeben wurden – um eine angeblich mutierte Art von Aliens gehandelt habe. Diese Meldung wurde weder dementiert noch bestätigt. Staven ay Toyrotto zeigte sich zutiefst betroffen und setzte zur Klärung der Vorkommnisse eine Belohnung in fünfstelliger Höhe aus.

PLANET GRAYMONDE, NAMENLOSE INSEL (NUMMER 347 DER KARTE): Kip Chelimo steuerte den schweren Gleiter in einer weiten Kurve auf den Strand zu und setzte behutsam fünfzig Schritt von dem Trichter auf. Der weiße Korallensand war zu einer rauhen Glasschicht gebacken; die Wälle aus Treibholz und Gezeitenmüll waren in beiden Richtungen auf einer Länge von hundert Metern zu Asche verbrannt. Bethina packte Kip am Arm und deutete auf eine Doppelreihe tiefer Spuren. Sie sahen fast wie zwei Furchen aus. Bethina fragte angespannt:

„Könnten das die Spuren von deinem schwarzgrünen Riesentier sein, Kip? In wilder Flucht? In Todesangst?"

Sie waren vom Hauptlager vier Stunden lang geflogen. Nun befanden sie sich unzweifelhaft an der Stelle, an der das fremde Schiff auf jemanden oder auf ein Etwas gefeuert hatte. In einigem Abstand, um keine Spuren zu verwischen, folgten sie den Eindrücken bis zu der Stelle, an der die Brandung sie verwischt hatte. Kip kratzte sich am Nacken und starrte Bethina aus bernsteinfarbenen Augen an.

„Auch mit abstruser Phantasie fällt mir keine andere Erklärung ein. In drei Tagen landet Atlan und bringt einen Haufen maskierter Kollegen mit Erfahrung und Gerätschaften mit. Weißt du, wonach das aussieht?"

Sie nickte und sah sich um. Die Insel war, zumindest optisch, ein Idyll, wenn man vom Gezeitenmüll absah.

„Nach dem erbitterten Versuch von jemandem, den wir Alpha nennen wollen, einen anderen, namens Beta, aufzuspüren und zu vernichten, gleichgültig, ob andere dabei zusehen oder nicht."

„Zutreffend, liebste Kollegin", sagte Kip und deutete über die Schulter. „Zuerst sehen wir uns das schmucke Eiland an, dann legen wir einen Badetag ein: Proviant habe ich eingepackt, und die Planetenveredler können auch ohne unsere Kontrolle einen Tag lang schuften. Wenn was wichtiges passiert, haben wir allerlei Funkgeräte an Bord."

„Deine beste Idee seit Beginn der Schöpfung.“ Bethina hakte sich bei Kip ein. Die Insel war fast kreisrund, von einer ovalen Lagune mit kristallklarem Wasser umgeben. Im Zentrum umrahmten Sand, Palmen und Mangroven einen Kern aus verwittertem vulkanischem Material. Sie entdeckten fünf weitere Einschußkrater, als sie den Spuren folgten. Die Gewächse sahen aus wie ihre Entsprechungen auf Terra und anderen Planeten, gehörten aber wohl anderen Arten an. Im Zentrum gab es eine Lichtung, und hier filmte Kip eine Menge verwirrender Spuren. Die tiefen Eindrücke der sechs Füße führten hierher. Daneben hatten sich die Landeteller eines Raumfahrzeugs eingedrückt, wahrscheinlich einer schweren Space-Jet. Und zwischen beiden Spuren schienen – das bewiesen Sohleneindrücke von Raumfahrerstiefeln – einige Menschen eine Art Zelt oder Iglu aufgebaut zu haben, denn in eine unversehrte Sandfläche führten auch große, fast runde Eindrücke aus der Richtung der Space-Jet hinein. Kip knurrte:

„Konferenz. Umladevorgänge. Vielleicht ein transportables Bauwerk, in dem zwei Wesen sich für kurze Zeit aufhielten, die an verschiedene Atmosphären gewöhnt sind? Ich will Rhodan heißen, wenn es nicht so oder ganz ähnlich war.“

Zwei Stunden lang untersuchten sie die Insel. Die Anzeichen, daß die brutale Ausbeutung den Planeten nicht völlig ruiniert hatte, waren hier besonders deutlich; ein Umstand, der sie optimistisch machte. Für sie erzählten die Spuren eine kleine, inhaltsschwere Geschichte: Kips Sumpfmonstrum war hierhergeschwommen, hatte gewartet, hatte sich mit den Insassen eines kleinen Raumschiffes getroffen, das vor der Suche und dem Beschuß eines rücksichtslosen Verfolgers gestartet war. Beim Versuch, sich wieder im Ozean zu verstekken, war das Riesentier beschossen worden.

Kip verstaute die Kamera in seinem Metallkoffer.

„Mehr finden wir nicht, Bethina. Zieh dich aus und um; ich bin am Strand. Ein herrliches Inselchen! Das Wasser ist fünfundzwanzig Grad Celsius warm und schön salzig!“

„Such einen schönen, kühlen Schatten“, sagte sie und

hob den Kopf. Ein Transporter setzte zur Landung an und orgelte über die mäßig bewegten Wellen auf den Kontinent zu.

Das Kugelraumschiff Alsar Quizzardos nahm sich zwischen den Maschinen, Materialstapeln und Transportraumschiffen aus wie ein Pfau zwischen Betonblöcken. Am oberen Teil der Rampe blieb ich stehen, sah mich um und sagte zu Decaree:

„Es scheint, daß ich echten Gegenwert fürs Geld kriege. Es wird überall geschuftet. Sehr schön. Und hier ist das Empfangskomitee!"

Wir schüttelten Kip Chelimo und Bethina Skah die Hände.

„Boith ist noch nicht gelandet, Sir", sagte Bethina. „Wir denken, daß Sie trotzdem einige Tage lang Erfolgserlebnisse haben werden. Die Zone Alpha werden Sie nicht mehr wiedererkennen. Und dann die seltsamen Spuren und so weiter . . ."

Ich deutete ins abhörsichere Schiff.

„Das Unangenehme zuerst. Die letzten Neuigkeiten: Burton Artemid, der Surfacearchitekt, ist noch immer verschwunden. Sein Büro schickt ihn, falls er in absehbarer Zeit auftaucht, hierher. Auf Lepso hat im Beisein einer Bestenklasse Epsaler ein manipulierter Robot Wasserstoff-Methan-Atmer getötet, die keine echten, sondern mutiert gewesen sein sollen. Der Ausdruck ‚Sabotage' fiel; niemand kann damit etwas anfangen. Gibt es hier auch Panikmeldungen?"

Mir war nicht entgangen, daß Kip und Bethina sich schweigend und überrascht angestarrt hatten. Die Polschleuse schloß sich wieder, und unser Team versammelte sich in meinem Aufenthaltsraum. Ich sah die Aufzeichnungen, die Kip vom fremden Raumschiff und von den Spuren auf der Korallensandinsel gemacht hatte. Als ich die Insel sah, schob sich eine starke, gefühlsbefrachtete Erinnerung in meine Überlegungen, älter als zweiundfünfzig Jahrzehnte. Vence Stalmaster, Decaree und Rave Sounder, gekleidet wie Dschungelkämpfer oder verwilderte Naturschützer, hörten schweigend zu und betrachteten immer wieder die Aufzeichnungen. Ich grinste breit und schenkte viel starken, wohlriechenden Alkohol in großen Gläsern aus.

„Graymonde als Schauplatz aufregender Ereignisse", sagte ich. „Die Lage beginnt sich dramatisch zuzuspitzen. Warum eleminiert man Toyrottos außergalaktischen Freunde, und wer hat ernsthaftes Interesse an ihrem Tod?" Ich hob das Glas. „Später! Zuerst setzen wir uns um, dann setzen wir uns mit Boith zusammen. Die riesige Menge Holz – von seinen Schiffen angeliefert?"

Kip nickte. Ich zeigte auf die holografischen Siganesen-Bilder Senoclyptes von Lepso.

„Der Versuch, Senoclyptes Leben zu erleichtern. Feines Bauholz, wie ich sehe. Ist die Jet schon ausgeschleust?"

„Bereit, Sir." Stalmaster winkte. „Macht ihr, Kollegen, die Führer? Gibt es viel zu sehen?"

„Ja. Ehrlich!" sagten Kip und Bethina gleichzeitig. „Lange Stege, schöne Hafenanlagen, viele geschmackvolle, unauffällige Bauwerke und riesige aufgeforstete, begrünte Flächen. Niemand hat versucht, Sie zu betrügen, Sir."

„Höre ich gern. Brechen wir auf."

Über dem Raumhafen war vor zwei Stunden die Sonne aufgegangen. Wir flogen die Küste auf und ab und in weiten Schleifen nach Westen. Wir verglichen die Karten mit den Ergebnissen und sahen, daß buchstäblich jede Einzelheit und Kleinigkeit der Leistungsverzeichnisse berücksichtigt worden war. Je weiter westwärts und ins Innere des Großkontinents wir kamen, desto mehr Maschinen, Schiffe und transportable Anlagen sahen wir; selbst die wenigen Brücken und Straßen waren metergenau angelegt. Ich zeigte mit der Spitze des Stiftes auf die Karte und sagte:

„Hier beginnt die östliche Grenze des CSQN-Geländes. Da werden sie sich besonders viel Mühe geben müssen, denn hier sieht es am schlimmsten aus."

„Eine gigantische Aufgabe."

Traktorstrahlen, Fesselfelder und Antigravs hoben Erdreich ab, planierten das Gelände in kubikkilometergroßen Mengen, verwandelten steinerne Fundamente in

Staub, schmolzen eiserne Konstruktionen und arbeiteten nach einem meisterlichen Plan zusammen. Mein Extrasinn sagte: *Erinnere dich an andere Beispiele von Planetenforming. Trägt diese Arbeit nicht Burton Artemids unverkennbare Handschrift?*

Ich zuckte mit den Schultern, weil ich meinen eigenen Analysen nicht traute. Durchaus möglich, sagte ich. Nahm ich an, daß Boith ein Schurke war, wuchs die Wahrscheinlichkeit, daß er den Surfacearchitekten wegen dieser sieben Millionen Quadratkilometer entführt hatte. Lebte Artemid noch? Oder war dies sein geistiges Vermächtnis? Ich schüttelte mich.

„Das ist vorläufig alles", sagte Kip. Ich riß mich aus trüben Gedanken, als die Jet wendete und zurück nach Osten fegte. „Ich finde, ein hervorragendes Ergebnis für die kurze Zeit, Sir."

„Zutreffend, Kip", sagte ich. „Und Sie meinen, ich könnte der liebsten Decaree und mir einen halben Tag Urlaub auf der einzigartigen Insel gönnen? Bis sich Boith anmeldet? Vence Stalmaster vertritt mich solange, nicht wahr?"

„Mit Vergnügen, Sir, wenn wir Sie nachher ablösen dürfen!"

„Geregelte Dienstzeit. In eure Freizeit greift der USO-Chef nicht ein." Ich lachte. „Morgen schwimmen wir in der Lagune, Decaree!"

Vielleicht sahen wir beim Baden das schwarze Riesentier Kip Chelimos. Hoffentlich trafen uns nicht die Energiestrahlen des unbekannten Verfolgers, der auf Lepso Maahks tötete und hier . . . wen oder was? . . . zu töten versuchte.

Das zischende, rauschende Donnern der Brandung am Riff, die gellenden Schreie der wenigen Seevögel, das raschelnde Knarren der palmenartigen Bäume, Treibholz, mehlfeiner Sand, Geruch nach Salz, Tang, faulendem Meeresgetier, Schuppen und Muschelschalen unter den nackten Fußsohlen – lange nicht gekannte Geräusche, Gerüche und Empfindungen. Ich watete langsam in die auslaufenden schäumenden Wellen und sah mich nach

Decaree um. Sie schob ihre Hand unter meinen Arm. Ich flüsterte:

„Wie am Strand von Yodoyas Inselchen. Nur daß hier zwei Monde zu sehen sind."

Solid und Vital standen rötlich und gelblichbleich zwischen den treibenden Sommerwolken. Sonne, Sake und Samurais wechselten einander in meiner Erinnerung ab. Ich spürte harten, schnellen Herzschlag und begann zu schwitzen. Der Zellaktivator schaukelte an meiner künstlich gebräunten Brust. Der Extrasinn meldete sich drängend und schrill: *Laß die Bilder nicht deutlicher werden, Arkonide! Du bezahlst es mit Qual und Übelkeit!*

Mein Blick glitt langsam über Decarees besorgtes Gesicht, den weißen Strand, den Palmenschatten und den Gleiter, der wie ein Boot hoch und trocken lag. Vor meinen Augen drehten sich die Bilder; Wirklichkeit der Gegenwart vermischte sich jäh mit den wichtigsten Bildern der Erinnerung. Ich keuchte. Meine Finger berührten die Narben über meinem Magen. Eine Krabbe knabberte an meinem Zeh, ohne daß ich es merkte. Ich wankte, und Schweiß tropfte in den Sand. Ich schüttelte den Kopf und nahm Decarees Hand.

„Schnell. In den Schatten", stieß ich hervor. „Ein Anfall. Die Erinnerung holt mich ein. Déjàvu oder so ähnlich. Zum Boot. Ich muß reden, sonst bringt es mich um!"

Sie verstand nicht, aber zerrte mich den sanft ansteigenden Strand hoch bis ins kühle Dunkel unter tiefhängenden Wedeln. Ich sah wie durch einen Nebel, wie Decaree aus dem Gleiter eine Thermobox holte und einen Becher füllte, als ich neben der Maschine in den Sand sackte und mich gegen das Metall lehnte. Meine zitternden Finger griffen nach dem Plastikbecher. Der Extrasinn schrie: *Zu spät! Du kannst nicht mehr zurück! Sprich! Sie wird dich nicht verraten!*

Begriffe, Bilder und Personen wirbelten in meinen Gedanken wild durcheinander. Ich trank einen tiefen Schluck und hielt, scheinbar, plötzlich eine Schale voll eiskaltem, ingwergewürztem Reiswein in den Fingern. Ich erzählte die vergangene Wirklichkeit, und Decaree mußte glauben, es wäre ein besonders logischer, farbiger und abwechslungsreicher Traum.

7.

„Als meine Space-Jet landete, wußte ich, daß es die richtige Insel war. Ich hatte lange zwischen den Archipelen der Südsee suchen müssen; die Besiedlung hatte, auch noch Anno Domini 2115, das Gesicht so mancher Insel verändert. Ich ging langsam und voll schwermütiger Gedanken einmal um Yodoyas Inselchen herum, stocherte im Treibholz und schüttelte den Kopf, als ich den angespülten Müll im Treibgut sah. Lange hatte ich überlegt, ob ich Freund Perry mitnehmen sollte, mich dann aber dagegen entschieden.

„Nein", murmelte ich im Selbstgespräch. „Ein abgedankter Imperator und ein überlasteter Großadministrator wären schlechte Partner für eine Reise in die Vergangenheit."

Ich visierte die Wurzeln der Palmen an, die wenigen Zacken des Korallenriffs und unterdrückte den Wunsch, mich auszuziehen und ins warme Wasser der Lagune zu springen. Nach einigen Erinnerungen und Messungen war ich sicher: Ich stand genau über dem Haus, das Rico vor zwölfmal zwölf Jahren endgültig in die Tiefe versenkt hatte. Ich holte aus der Jet Werkzeug und begann zu schaufeln. Seltsame Erregung überkam mich. Amoustrella, Petruschka, Lachender Schatten kannten dieses Idyll. Mir war, als entsänne ich mich jeder Muschelschale. Ich legte eine dicht nebeneinanderliegende Reihe Palmenstämme frei. Sie sahen aus, als wären sie erst vor wenigen Jahren gefällt und zersägt worden. Nicht gesägt, sagte ich mir; von Energiestrahlen zerschnitten. Ich rief die einzelnen Schritte der Einstiegsschaltungen aus dem Gedächtnis ab und dachte an die unzähligen herrlichen Tage und Nächte, in denen ich mich auf dem Eiland erholt hatte.

„O Rico", murmelte ich. „Robotischer Gefährte der Jahrtausende. Hoffentlich funktionieren deine Schaltungen noch!"

Ich war halb überzeugt, daß ich von perfekt versteckten Linsen beobachtet wurde. Dafür, daß Rico mich nicht für einen unbefugten Eindringling hielt, sorgten die Dauerimpulse des Zellschwingungsaktivators. Ich hakte eine Seilschlinge in ein Antigravelement und kippte die hölzerne Abdeckung. Darunter führten Stufen aus Korallengestein abwärts. Überall war Sand. Ich wühlte zwischen den Steinen, fand eine handgroße Figur, die wie eine polynesische Schnitzerei für Touristen aussah, und wischte feuchten Sand vom verwitterten Holz. Ich berührte verschiedene Stellen des Körpers in festgelegter Reihenfolge, wartete und sah zu, wie der Schacht um neunzig Grad kippte und eine Röhre großen Durchmessers freigab, in die ich hinunterstieg. Nach dem fünfzehnten Griff schloß sich der obere Teil wieder, Lichter flammten auf, Linsen richteten sich auf mich. Ich grinste und merkte, daß ich mich verkrampfte. Es kam mir wie eine Stunde vor, aber wenige Sekunden später hörte ich Rico/Borgasen/Riancors Stimme.

„Gebieter! Atlan! Fast ein dreiviertel Jahrhundert habe ich gewartet.“

Erinnerungen brachen über mir wie eine Riesenwelle zusammen, während sich die verschiedenen Tarnschichten bis zum Sand der Insel lautlos rekonstruierten. Unter Optiken und Lautsprechern öffnete sich eine Klappe, ein Bildschirm zeigte mir den Roboter, dessen Linsen mich aus einem haarlosen Schädel musterten. Eine zweite, größere Kammer öffnete sich, während ich sagte:

„Rico. Aktiviere den Transmitter. Ich habe genug Zeit, um unseren Schlupfwinkel zu besuchen und die Ausstellungsstücke abzustauben. Gibt es noch Wein aus Beauvallon?“

„Sehr alten oder die beste Lage der letzten Jahre?“

Sein androgynes Gesicht verzog sich zur Travestie eines Grinsens. Ich begann mich zu freuen, als ich die Konsequenz dieser Antwort bedachte. Der Transmitter, als Gestell aus rostigem Schrott getarnt, begann zu glühen. Vor Bildschirm und Optiken schob sich eine Platte aus Korallengestein. Ich fragte: „War es langweilig seit zweitausendvierzig?“

„Wer sich allein langweilt, ist auch zu zweit nicht sehr unterhaltend."

Das Signal blinkte. Ich passierte die Funktionsschenkel des Gerätes und trat aus dem Gegengerät. Rico stand vor mir, nicht mit dem Aussehen eines Metallskeletts, sondern mehr einer frühen terranischen Schaufensterpuppe ähnelnd. Er hob in einer vertrauten Geste die Hand und sagte:

„Willkommen. Hätte ich gewußt, daß du nach so langer Zeit kommst, wäre ich dir in gewohntem Aussehen entgegengetreten."

Es war, als sei kaum Zeit vergangen seit unserer überhasteten Flucht von Miracle, einem der dreißig Planeten des Verganen-Walls. Ich schlug ihm auf die Schulter; er drehte sich um und gab mir einen Pokal. Ich erschnupperte die unverkennbare Blume der Südlage von Beauvallon.

„Danke, Rico. Unser Versteck, obwohl einige von ihm wissen, ist nicht von allzu Neugierigen entdeckt worden?"

„Nein, Atlan. Hätte ich nicht unter den Barbaren für ein wenig Aufregung gesorgt, wäre es wirklich einsam geblieben."

Ich starrte ihn an und lachte, bis ich Wein verschüttete.

SOLSYSTEM, TERRA, KUPPELSTATION, am 2. APRIL 2115, STANDARDZEIT: Als ich zum letztenmal auf dem Meeresboden unter São Miguel aufgewacht war, nach der Flucht von Miracle, war ich, zu meiner Überraschung, mit Rico, dem stählernen Skelett, allein gewesen. Die anderen Versuchsmodelle, gestand mein „Milchbruder", der ehemalige Sinnspruchsänger Borgasen von Port Peace, befanden sich auf Miracle. Heute schaltete er auf die Illusionswände der großen Kuppelräume Ansichten der Erde, und die vielen Nischen des Museums glühten und zeigten Hunderte von Erinnerungsstücken an damals. Ich nippte am Wein und sah, daß die Monitoren der Pulte in Betrieb waren. Überrascht und irritiert fragte ich:

„Du läßt heute noch Spionsonden herumfliegen?"

„Früher mehr als heute. Der Orbit hängt voller Satelliten und Raumfahrtmüll, Gebieter. Wie sollte ich sonst meine matten Positronen und Reflexe ausreichend beschäftigen?"

Ich nickte und setzte den Rundgang fort. Als Riancor sich – damals! – in unterschiedlichen, absolut lebensechten Masken bewegt hatte, fiel es mir leichter, ihn nicht als Maschine zu betrachten und mich entsprechend zu verhalten. Die Zeitalter der Götter und Rätselwesen auf Terra waren vorübergegangen; die Zeit war nicht mehr länger mystisch. Ich setzte mich in meinen Lieblingssessel und streckte die Beine aus.

„Von Miracle und . . . Amoustrella kamen keine Nachrichten mehr, seit ich an Perrys Seite durch das Universum hetzte?"

„Nein." Ricos Gesten wurden allmählich leichter, schwungvoller, so wie früher. „Nachdem die Bauteile und Elemente des großen Transmitters verschwanden, war es, als habe es Miracle nie gegeben. Unsere Silos haben sich zuvor entsprechend geleert, Atlan. Dein Schicksal konnte ich, zum größten Teil, durch die Nachrichten und TV-Berichte verfolgen. Abwechslungsreich wie immer, seit ich registriere, begreife und Schlüsse ziehen kann."

„Am ratlosesten sind jene, die nichts zu tun haben." Ich lachte. „Die Transmitteranlage von Yodoyas Insel wirkt sauber und häufig benutzt. Natürlich von dir!"

Rico schüttete einige Tropfen Wein in ein Glas und roch genießerisch daran. Wieder lächelte sein glattes, schmales Plastikgesicht; wieder schwemmten Erinnerungen, von denen jeder Winkel hier getränkt war, von allen Seiten auf mich zu.

„Ich habe sie oft benutzt nach zweitausendvierzig, in vielen Masken. Die Spionsonden konstruierte ich neu. Manche diskusförmigen Erscheinungen am terranischen Himmel zählen noch heute zu den vielen ungelösten Rätseln."

„Tatsächlich!" Auch die SolAb lebte also weiter mit „Fliegenden Untertassen" und ähnlichem Zauber. Ich begann zu lachen. „Hast du wenigstens jetzt den UFO-Unfug eingestellt?"

„Seit längerem. Ich hatte viel zu tun, dein Versteck und

dessen Einrichtungen zu kontrollieren, zu warten und zu reparieren. Nicht einmal arkonidische Technik hält ewig."

„Wem sagst du das."

Sich wahrheitsgemäß zu erinnern, schmerzte manchmal. Ich setzte meinen Rundgang fort und blickte plötzlich in die steinernen Gesichter, die wir so häufig in Miracles Ruinen gefunden und dokumentiert hatten. Rico fragte:

„Dir ist mittlerweile die genaue galaktische Position des Miracleringes bekannt?"

„Ich kenne sie nicht auswendig, aber sie ist in den arkonidischen Verzeichnissen. Wahrscheinlich auch an anderen Stellen. Wir hatten damals nicht genug Zeit, entsprechende Sterne zu finden, die uns als Bezugspunkte dienen konnten."

Eine Spur Trauer klang aus Ricos Vocoderstimme.

„Würde es dich nicht reizen, auf den dreißig Planeten nachzuforschen, was aus unseren vielen Freunden, deinem Enkel und aus Mondam Amoustrella Gramont geworden ist?"

Ich hielt ihm das Glas entgegen, er schenkte nach. Ich ließ mir Zeit mit der Antwort, dachte an die Goldene Göttin Ishtar und Ra, den Barbar, an meinen ersten Besuch des Dreißig-Planeten-Walls und an die gewaltige Zeitspanne, die seit Fartuloons Wirken und Farnathias Tod vergangen war.

„Doch. Es würde mich interessieren, den Miraclering zum drittenmal zu besuchen. Mit Raumschiffen und entsprechender Ausrüstung. Natürlich würdest du als ‚Nachkomme' Borgasens auch gern dabei sein. Da es dir gelungen ist, auch nach zweitausendvierzig die Menschen auf Terra zu täuschen, sehe ich kaum Schwierigkeiten. Ich denke darüber nach."

„Die technische Einrichtung der Kuppel kann meine Abwesenheit lange ertragen. Ich habe auch an der Steuerung aller Aggregate und Schaltungen gewissenhaft gearbeitet."

Die Vorstellung, daß Rico in unterschiedlichen Masken auf der Erde herumgeisterte und weiterhin die Geschichte dieses Planeten dokumentierte, wirkte plötzlich befremdlich. Aber ohne ihn hätte ich nicht überlebt, ohne sein selbständiges Handeln hätten manche Entwicklungen einen ganz anderen Verlauf genommen. Ich legte die Te-Ufy-Seekarte der Hatschepsut – erst die Ptolemaier nannten das Schreibmaterial aus Binsenmark Papyrus! – in die Nische zurück und wandte mich um.

„Deine Gegenwart befruchtet Phantasie und Entschlußkraft", sagte ich grinsend. „Die Organisation, die ich aufbauen werde, beschäftigt sich mit der Sicherheit des Imperiums. Eine kleine Abteilung soll zum ‚Historischen Korps' ausgebildet werden; erfahrene Frauen und Männer. Ihnen werde ich die Aufgabe zuweisen, den Miraclering zu suchen und anzufliegen. Für beide Aktivitäten stelle ich mir deine uneingeschränkte Mitarbeit vor. Du solltest dich aber wieder in Borgasen, Riancor von Arcoluiz oder eine andere respektable Persönlichkeit zurückverwandeln." Je mehr ich darüber nachdachte, desto sinnvoller schien dieser Einfall. Er war sicher nicht schnell zu realisieren, denn die United Stars Organisation, die offiziell am 1. Juli dieses Jahres gegründet werden sollte, würde meine gesamte Kraft fordern.

„Ich bin begeistert, Fürst der Sterne", sagte Rico. „Sei ganz gewiß, daß ich einen prächtigen Experimental-Historiker erfinden und darstellen werde. Wie findest du: Nair Orca Singh; Indisch, mit Turban, Bart und Dolch?"

„Langsam! Das wäre das Anagramm eines Anagramms!" Ich mußte schon wieder lachen. Ich hatte ihm ein Stichwort geliefert, wußte ich sofort, dessen Bedeutung seine positronische Langeweile beenden und ihn zu phantastischen Schöpfungen und Handlungen antreiben würde. „Noch ist nichts entschieden. Ich denke, ich muß diesen Einfall auch mit Rhodan absprechen, der alles bezahlen muß!"

„Ein Raumschiff, eine Mannschaft, ich und eine Schar Subrobots; ein unschlagbares Team, die Kernzelle deines Historischen USO-Korps, Meister der Masken!"

„Ich werde gründlich und lange darüber nachdenken, Begleiter vieler Jahrtausende." Ich richtete meinen Blick auf die Schaltpulte und die Fronten einiger Hochleistungsspeicher. Sie versinnbildlichten die immense Menge gespeicherter und zueinander in Relation gebrachter

Fakten terranischer Geschichte: ein wahrhaft einzigartiger Fundus. Nicht einmal sämtliche Universitäten des Planeten verfügten über solche Informationsmengen. „Ich bin sicher, daß wir den Grundstock für das zukünftige Historische Korps hier abrufen können. Du solltest ein Programm entwickeln, das uns unproblematischen Zugriff ermöglicht, Nair Orca."

Ich hatte, tiefschlafend oder wach, die längste Zeit meines langen Lebens in dieser Anlage verbracht. Ich ging langsam in meinen Schlafraum und setzte mich an den Rand des Bettes. Ich hob das Glas und sagte:

„Ich bin müde und schlafe hier. Morgen, bevor ich gehe, erfährst du, was wir im nächsten Jahrhundert zusammen oder wenigstens gemeinsam tun und treiben werden."

„Ich warte, Gebieter."

Ich war nicht wirklich schlafbedürftig; ich wollte möglichst viel von der Atmosphäre dieser Umgebung in Gedanken mitnehmen. Ricos Subroboter bereiteten das Bett in einer langsamen Folge von illusionistischen Landschaften der Vorzeit, und ich schlief scheinbar zwischen den palmengesäumten Kanälen unter dem Sternenhimmel Babylas ein, in der Zeit des Herrschers Hammurabi. Am Morgen, nach einer Schale seifig schmeckenden, uralten Kaffees stellte Rico ein handgroßes Funkgerät vor mich hin.

„Bis auf die Kodierung leicht nachzubauen, Atlan." Er wandte sich den Schirmen und Pulten zu. „Die Reichweite ist beträchtlich. Jedes Signal sollte von außerhalb der Plutobahn bis zu den versteckten Antennen der São-Miguel-Gipfel reichen. Dann weiß ich, daß ein Vertrauter zu Yodoyas Insel kommt."

„Eines Tages wird die SolAb den Transmitterschock anmessen, und dann habe ich einiges zu erklären." Ich grinste und steckte das Rufgerät ein. „Es bleibt bei meinen Entschlüssen. Früher oder später macht sich das Historische Korps mit deiner Unterstützung auf die Suche nach dem Dreißigplanetenwall der Verganen, nach ‚unserem' phantastischen Miraclering."

Er begleitete mich schweigend in den Transmitterraum. Wir verabschiedeten uns voneinander, als wären wir alte

Freunde; Minuten später kletterte ich aus dem Schacht und blieb lange am Strand stehen. Weißgischtende Brandungswellen donnerten, die vertrauten Sterne funkelten über den Palmwedeln, ein startendes Raumschiff zog eine Sternschnuppenspur durch das Band der Milchstraße.

Es war Zeit, zum Goshunsee zurückzufliegen, nach Terrania City. Angefüllt mit zwiespältigen Erinnerungen kletterte ich in die Space-Jet und nahm schweigend für unbestimmt lange Zeit Abschied von Yodoyas Inselchen.

Decaree hielt einen Becher mit eiskaltem Tee an meine Lippen. Ich trank gierig, keuchte und zwinkerte ins grelle Sonnenlicht. In den Kniegelenken nistete dumpfe Schwäche.

„Danke." Über den Bäumen kreischte ein Wasservogel. „Nun weißt du, was der treue Hochleistungsroboter in langen Jahren trieb. Ich werde" – ich trank wieder – „bald mein Wort einlösen. Die USO hat genügend Schiffe und Mannschaften."

„Zuerst treffen wir die arrogante Daphny Letabole, mitsamt einem Schiff voller Sklaven, Liebster", sagte Decaree leise. „Sie werden ihren Yachthafen bauen, wie angekündigt."

„Ich weiß. Nicht heute. Wir genießen Ruhe, Wasser und Sonne. Und machen uns Gedanken darüber, was Toyrotto und Boith mit echten und falschen Maahks zu tun haben könnten."

Ich stemmte mich in die Höhe und nahm Decarees Hand. Wir wateten langsam ins Meerwasser. Ich grinste, bevor wir schwammen und untertauchten. In meiner Kabine würde ich Teile meiner komplizierten Maske rekonstruieren müssen.

Lady Daphny Letabole verstand ihr Geschäft. Aus dem grauen Transporter strömten lange Reihen Arbeiter mit Werkzeug. Maschinen und Bauteile rasselten und schwebten heran. Im Norden des Deltas, im ausgesuchten Gelände, luden Antigravschlepper mächtige Steinbrocken ab, eine Maschine rammte Doppelreihen stählerner Rohre in den Meeresboden. Nach Plan rissen Traktorfelder gewaltige Erdmassen aus dem Boden und schichteten sie um. Steinschichten wurden verglast und aufgeschäumt; auf unterschiedlichen Ebenen entstanden wuchtige Fundamente. Vence Stalmaster und ich landeten im Gleiter neben den Bürocontainern. Daphny Letabole trug einen phantastischen Hosenanzug mit Stiefeln, der hochmodische Ähnlichkeit mit einem Kampfanzug hatte. Wir begrüßten uns mit steifer Höflichkeit. Ich betrachtete Pläne und Modelle und fragte:

„Wenn ich es recht sehe, Lady, scheint Toyrottos Dienerschaft und das Heer der jungen Arbeiter von einem einzigen Planeten zu stammen. Die Planetarier ähneln, entschuldigen Sie, Ihnen selbst. Wo finden Sie diese Heerscharen?"

„Dort, wo gut bezahlt wird." Sie lächelte. „Fragen Sie Toyrotto. Ich habe sie auf Lepso an Bord genommen, einschließlich der Werkzeuge und Maschinen. Er heuert sie an beziehungsweise einer seiner Sekretäre." Sie drehte an der Bild-Feinabstimmung eines Monitors, der die Aufnahmen einer schwebenden Kameraplattform wiedergab. Sie log ungerührt: „Ich, nebenbei, gehöre nicht dazu. Gebürtige Lepsoterin."

„War nur eine Frage", sagte ich. „Wie lange werden Sie Gast meines vergammelten Planeten bleiben?"

Unsere Xenobiologen hatten Asics und dessen Gefährten untersucht und waren sicher, daß es sich um Produkte mehrfacher Kreuzungen handelte: Arkoniden, Terragebürtige, Akonen und ein noch unbekanntes Volk hatten diesen Nachkommen ihre Gene und das Aussehen hinterlassen. Lady Letabole war ein besonders gutaussehender Beweis für unsere Feststellungen.

„Ein, zwei Monate, Sir Quizzardo. Bis die Anlagen fertig sind. Vielleicht bekomme ich von Boith einen Anschlußauftrag. Wie finden Sie das Modell?"

„Hervorragend. Der Plan stammt aus der Hand eines Meisters." Ich meinte es ehrlich. *Etwa von Burton Artemid?* wisperte der Logiksektor. Eine Vielzahl Bauwerke wurde mit Erde bedeckt und bepflanzt, würde also unsichtbar bleiben. Nur einige steinverkleidete Türme würden die Küste überragen und jedem Insassen herrliche Aussichten bieten. Mächtige Steinblöcke senkten sich in den Boden, in Sand und ins Meer und bildeten die Anfänge von zwei bogenförmigen Wellenbrechern. „In fünfzig Jahren wird sich viel Landschaft verwandelt haben. Ich hab's ausprobiert – das Meerwasser ist sauber."

„Auch wenn Schiffe, Boote und Yachten kommen, wird es sauber bleiben", versicherte Lady Letabole. „Bisher stehen die Schiffe in der Landschaft herum. Wo haben Sie den Raumhafen Ihrer Welt geplant, Sir Quizzardo?"

„Hier." Ich deutete auf den Rand der südlichen Wüstenebene. „Und an dieser Bucht die erste Stadt. Quizzardos Triumph. Teile der Straße, Brücken und Tunnels sind schon in Bau." Ich zog eine mehrfach gekrümmte Linie, die vom Delta aus nach Südwesten und zurück nach Osten führte. „Mehr Zivilisation haben wir vorläufig nicht geplant."

Stalmaster betrachtete schweigend und mit zusammengekniffenen Augen die technische Einrichtung des geräumigen Containers. Von draußen röhrte und krachte der Lärm schwerer Maschinen herein. Ich sagte mir, daß eine Befragung unter tausend Männern vielleicht brauchbare Informationen über den Sklavenplaneten erbringen würde und verbeugte mich vor der Lady.

„Für gesellschaftliches Leben ist gesorgt." Ich blickte in ihre großen, dunklen Augen. „Anruf genügt. In meinem Schiff finden Sie Musik, Essen und heitere Gespräche. Die Arbeit sollte auch ein wenig Spaß machen. Wenn ich Ihnen helfen kann – Sie wissen, wo Sie mich finden. Ich bin tagsüber bei den verschiedenen Rekultivierungszonen zu finden."

„Mit Vergnügen, Sir Quizzardo."

Wir kletterten die breiten Stufen zum Gleiterdeck hinunter, stiegen in die Maschine und schwebten über das Delta zum Baulager. Ich wandte mich an Stalmaster.

„Ist Ihnen etwas aufgefallen, Spezialist?"

„Einiges, Sir. Die Lady lügt. Sie ist, ebenso wie die Frau Ihres Freundes, auch von dieser Sklavenwelt. Ich habe mich ein wenig mit Artemids Plänen anderer Welten beschäftigt. Ich lasse mich vierteilen, wenn nicht er diese

Anlage gezeichnet hat! Sie ist ein guter Generalmanager; die Leute werden alle Termine einhalten. Ich bin sicher, daß ihre und meine Antipathie auf Gegenseitigkeit beruht.“ Er lachte kurz und humorlos. „Hoffentlich finden unsere Leute bald heraus, woher die Sklavenschiffe kommen und welche Welten sie angeflogen haben. Asics und seine Kollegen versuchen mit unseren Astronomen, anhand markanter Sterne die Position der Senoclypte-Welt zu ermitteln. Ihre größte Hoffnung sind zwei blinkende Sterne, zwei RR-Lyrae-Veränderliche. Man ist optimistisch, Sir.“

„Und auf welchen Planeten sie zwischengelandet sind. Die Sklaven werden auf Lepso umverteilt. Sie, ich und alle anderen – wir mischen uns unter die braunhäutigen Sklaven und fragen sie aus. Vielleicht erfahren wir, trotz der Konditionierung durch Hypnoschulung, interessante Einzelheiten.“

„Wird gemacht, Sir. Heute abend fangen wir an.“

Wir landeten unterhalb Kip Chelimos Büro. Inzwischen wurde das Gebiet großräumig von fünf Sonden überwacht, die in großer Höhe kreisten und aus der Kommandozentrale meines Schiffes gesteuert wurde. Kip hatte eine Nachricht hinterlassen. Er befand sich am südlichen Rand des Kontinents und kontrollierte die Arbeiten. Ich ging über den langen Mittelsteg ins Schiff und beobachtete stundenlang die Schirme, ohne aufregende Einzelheiten zu sehen. Wieder wuchs meine Unruhe; alle Ermittlungen verliefen wie in dickem Nebel.

Türen und Türrahmen, Fenster und Fensterläden und Hunderte von dicken Säulen lagen ud standen in Stapeln am Rand des Materiallagers. Decaree und ich musterten schweigend die prächtigen Schnitzarbeiten, die herrlichen Maserungen des abgelagerten Holzes und den mattglänzenden Lack, der die Oberfläche veredelte und schützte. Decaree drehte den Kopf in die Richtung einer Gruppe schweigend schuftender Arbeiter.

„Es sind fünf Dutzend Leute gefragt worden, wahllos, an allen Ecken und Enden der Baustellen. Sie sind halbwegs hypnotisiert, haben aber jede Frage beantwortet, Liebster."

„Ich höre?" Ich ahnte, was sie geantwortet hatten.

„Sie kommen von einem armen Hinterwäldlerplaneten. Tamuoy, Sonne Casarca-Delta. Den gibt's wirklich. Eine halbvergessene akonische Welt. Dort werden sie angeworben und mit zehn Prozent des wahrscheinlichen Arbeitslohnes prämiiert. Sagen sie, teilweise im gleichen Wortlaut. Man bringt sie nach Lepso, rüstet sie aus, behandelt sie gut und verschifft sie hierher. Wir haben ein Schiff gestartet, um die Aussagen nachzuprüfen. Halbwegs am anderen Ende der Galaxis."

„Also kein Hinweis auf die Senoclypte-Welt."

„Angeblich kennen sie diesen Begriff nicht. Sie fliegen nach Lepso zurück, sagen sie, kaufen mit dem Verdienst ein und sind daraufhin auf ihrer Welt reiche Leute."

„Diese Kostbarkeiten" – ich wies auf die herrlichen Bohlen – „kommen vom Planeten Senoclyptes. Sklaven haben Schnitzereien angefertigt, um Senoclyptes Biomasse zu verringern."

„Zweifellos. Aber wie können wir es beweisen?"

Mittlerweile beschäftigten sich mehrere Stützpunkte und zwölf Schiffe ausschließlich mit der Suche nach der Heimatwelt der Braunhäutigen. Nachdenklich beendeten wir den Rundgang durch das Lager und sahen zu, wie die Basisplatte des Transmitters montiert wurde. Ein Schiff lud eine nicht endenwollende Menge Container voller stattlicher Bäumchen aus; erste Bepflanzung der Hügel über Boiths großer Anlage.

Sechs Tage lang sahen wir zu wie Tagebaulöcher gefüllt und riesige Gebilde umgepflügt und neu modelliert wurden. Noch waren es nur wenige Prozent der Planetenoberfläche. Die Gesellschaften, die – wahrscheinlich – unabhängig von Boith und Toyrotto arbeiteten, erledigten ihre Aufgaben zügig und ohne Zwischenfälle. Meine Unruhe trieb mich dazu, einen Gleiter auszurüsten und ziellos zum südöstlichen Archipel zu fliegen. Kip verfolgte meinen Flug mit seiner Sonde.

Der Autopilot summte und klickte leise. Ich hob die Karte und verglich die halbplastischen Darstellungen der Photographie mit der Wirklichkeit des Archipels tief unter mir. Sonnenlicht übergoß mehr als zwölf Inseln in meinem Sichtbereich. Die meisten Inseln waren bewaldet; es hatte sich vor Jahrzehnten nicht gelohnt, dort zu schürfen und zu bohren. Der Summer und blinkende Leuchtfelder schreckten mich aus der Betrachtung auf. Aus dem abhörsicheren Funkgerät kam Kip Chelimos Stimme.

„Muß nichts bedeuten, Sir – ein Gleiter von Letaboles Schiff fliegt in geringer Höhe auf den Archipel zu. Noch hält er sich auf der Geraden zwischen den Inseln 301 und 98."

„In meiner Reichweite, Kip", sagte ich. „Vielleicht will Lady Letabole sonnenbaden?"

„Wohl kaum. Sie hat eben mit uns gesprochen."

„Verstanden." Ich prüfte ruhig die Linien des Gradnetzes. „Ich sehe mir den Gleiter genauer an. Sagen Sie die Kursänderung durch. Ich fliege Achtundneunzig an."

„Verstanden, Sir."

Ich steuerte den Gleiter in einer weiten Kurve abwärts und versuchte, die Sonne im Rücken zu halten. Die andere Maschine wich nach Osten aus und wurde langsamer, während ich sie aus größerer Höhe verfolgte. Nach kurzer Suche und einigen Kurven steuerte der Fremde eine große, mondsichelförmige Insel an, die sich aus Sandstrand, einem felsigen Hügelkamm und dichtem Wald auf der windabgewandten Ostseite zusammensetzte. Ich beobachtete, wie der Gleiter dicht über die Brandung schwebte, über den Sand huschte und anhielt, sich drehte und rückwärts in eine Aushöhlung hineinsteuerte. Mein Gleiter hing in langsamem Flug vor der Sonne; ich wartete, bis aus der Höhle drei Personen zum Strand gingen. Dort blieben sie stehen, gerade noch im Schatten der Felsnadeln. Ich setzte das Teleskop ein. Zwei Männer stützten den dritten, und als ich sah, wer es war, griff ich alarmiert in die Steuerung und lenkte meinen Gleiter über Wellen und Baumwipfel auf einen Sandfleck zwischen graue und gelbe Felsen. Ich packte den Feldstecher, lief geduckt bis zur Kante der Hügelspitze, stützte die

Ellbogen auf und starrte durch die Linsen. Staven ay Toyrotto stand schwankend zwischen den schwer bewaffneten Begleitern. Ich erschrak über sein Aussehen: die Haut war fast grau, die implantierten Juwelen waren stumpf, die Kerben seines Gesichts schärfer und tiefer. Er hing gekrümmt zwischen den Schultern der Leibwächter. Als er den Kopf senkte, sah ich, daß seine geschuppte Kappe fehlte. Dicke, purpurne Adern durchzogen die feuerrote Haut; von der Stirn bis zu den Ohren und in den Nacken sah der Kopf wie eine offene Wunde aus. Toyrotto schien unter rasendem Schmerz zu leiden. Hatte man ihm die Kopfhaut abgezogen?

Ich hob die Augen. Nur dürrer Strandhafer raschelte im Wind. Unruhig warteten Toyrotto und seine Begleiter – auf wen? Wirre Gedanken schossen durch meinen Kopf. Ich zwang mich dazu, ruhig zu bleiben. Ich riskierte nichts, und ein bestimmter Verdacht wuchs. Ich schwitzte in der Mittagssonne, kroch zum Gleiter zurück und setzte den Hut auf, trank eiskalten Fruchtsaft und robbte wieder zur Felskante. Die Leibwächter hatten Toyrotto in den Schatten geschleift und gegen die dunkle Felswand gelehnt. Er zitterte im Schüttelfrost und sah aus wie ein Sterbender. Ein Leibwächter blickte zur Brandung hinaus, zuckte zusammen und zeigte nach rechts. Ich richtete den Feldstecher dorthin und fand meine Ahnung bestätigt.

„Mir wird einiges klar ..." Ich wischte Schweiß aus den Augenbrauen und sah aufgeregt zu, wie das riesige Ungetüm mit der schwarzgrün geschuppten Saurierhaut auf den Strand zuschwamm. Kips Beschreibung war absolut richtig gewesen: ein exotischer Kopf auf einem mittellangen Hals hob sich aus den Wellen, Tropfen funkelten auf der Lederhaut, der lange Echsenschwanz peitschte das Wasser, als der Riese sich durch die zusammenbrechende Brandungswelle rammte und die sechs Beine bewegte. Er hinterließ im Sand tiefe Eindrücke, kam auf den Strand heraus und walzte auf großen, flachen Sohlen auf den Felsen und die Wartenden zu. Der Logiksektor flüsterte: *Das kann kein Tier von Graymonde sein! Ein Roboter, verkleidet als Saurier?*

Das Riesending hielt an und spreizte die Beinpaare.

Unter der linken Schulter, drei Meter hinter dem Kopf, öffnete sich eine Luke und klappte nach unten. Minutenlang geschah nichts, abgesehen davon, daß ein Leibwächter sich aus dem Schatten löste und an der Vorderkante der Klappe stehenblieb, die Hand am Waffengriff. Die Sonne brannte unbarmherzig. Ein unförmiges Wesen schob sich seitwärts durch die Luke; ein riesiger Organismus im Raumanzug. Unter der transparenten Halbkugel des Helmes erkannte ich den typischen halbmondförmigen Wulst, der auf den Schultern des Maahkskörpers aufsaß. Sonnenstrahlen fingen sich in vier grünschillernden Augen mit Schlitzpupillen. Ich zuckte zusammen und glaubte nicht, was ich sah.

„Unzweifelhaft! Ein Maahk!" flüsterte ich verwirrt. Der Fremde, an eine Schwerkraft um drei Gravos gewöhnt, bewegte sich mit normalen Schritten hinunter in den Sand und hielt einen runden, zylindrischen Transportbehälter in der Pranke, die neben dem Knie baumelte. Die kurzen Säulenbeine im dicken Raumanzug stapften durch den Sand, bis der Maahk vor Toyrotto stand und den Mann um mehr als einen dreiviertel Meter überragte. Meine Verwirrung steigerte sich, als der Maahk den Behälter öffnete, die Leibwächter weiße Handschuhe über die Finger zogen und ein weiches Stück Gewebe heraushoben. Sie drehten es herum; die Außenseite entsprach der schuppigen, blaßgrünen Maahkhaut. Bevor der Behälter wieder geschlossen wurde, breitete sich Nebel aus; das Gewebe schien tiefgekühlt worden zu sein. Fasziniert sah ich zu, wie die Haut auf Toyrottos Kopf gelegt und ringsherum festgedrückt wurde. Sie zuckte und bewegte sich, als lebe sie, und in Toyrotto ging binnen einer Minute eine deutliche Veränderung vor. Er richtete sich auf, atmete tief durch, seine Haut verlor die krankhafte Färbung. Der Maahk stellte den Behälter in den Sand, drehte sich um und stapfte zur Rampe, die sich hinter ihm langsam schloß.

Ich setzte den Feldstecher ab. Ein scharfes Summen übertönte den Wind. Ich rollte auf den Rücken, schirmte die Augen ab und blickte nach Osten, dann bewegte ich mich tiefgebückt zu meinem Gleiter zurück. Vorsichtig drehte ich den Abstellknopf des Funkgerätes.

„... rasend schnell. Kommt genau auf Ihre Insel zu, Sir. Die gleichen Impulse wie damals."

„Verstanden, Kip", sagte ich unterdrückt. „Das riesige Lebewesen ist hier gelandet. Eine Art Unterseeboot, in dem ein Maahk sitzt. Ich höre ein Raumschiff näherkommen."

Ich schaltete die Gleitermaschinen an, sprang hinaus und suchte zwischen den Wolken die blaue Fläche ab. Durch das Plätschern der Wellen hörte ich, wie der falsche Saurier wieder über den Strand walzte und sich auf die Brandung zuschob. Mitten aus einer Wolke jagte ein stumpfnasiges Raumschiff schräg abwärts, in gefährlich schnellem Flug. Als der erste Energiestrahl herunterzuckte, kniff ich die Augen zu, tastete mich zum Gleiter und schloß die Tür, während ich startete und zwischen röhrenden Glutbalken, detonierenden Felsen und den ersten Fontänen seitlich auswich.

Erst als ich fünfhundert Meter schräg über dem Wald schwebte, sah ich gleichzeitig das Raumschiff, den Strand und Toyrottos Gleiter. Das Raumschiff hatte seine hohe Eintauchgeschwindigkeit verringert und feuerte die Strahlen aus größerer Nähe und besser gezielt aus den Projektoren. Der Maahk in seinem schwimmenden Gefährt hatte die Brandungswelle erreicht und war noch nicht untergetaucht. Die Strahlen schlugen in die Wellen, mächtige Dampfwolken verhüllten die Wasserfontänen. Die Leibwächter zerrten Toyrotto in die Höhle hinein. Der Abstand zwischen dem Schiff und dem schwarzen Giganten war auf weniger als dreihundert Meter geschrumpft. Unaufhörlich schlugen die Energien ein, trafen den Kopf und den Schwanz des flüchtenden Tauchbootes und zerfetzten Verkleidung und Metall. Schäumend versank der Flüchtende, tauchte hinter Dampfwolken wieder auf und wurde dreimal getroffen.

Aus dem Dampf zuckten Stichflammen. Glühende und rauchende Metallfetzen wirbelten durch die Luft. Die Druckwelle ließ meinen Gleiter vibrieren, der Donner der

Detonationen machte mich halb taub. Ich verstand nicht, was Kip rief und brüllte:

„Das Raumschiff hat den Maahk und sein Boot vernichtet."

Die Dampfwolken erreichten das kleine Schiff. Ich erinnerte mich an Maahkschiffe; deren Beiboote hatten diese Form. Ich zählte noch sieben röhrende Energiestrahlen, die in die versinkende Trümmermenge hinunterpeitschten. Das Schiff schwebte vorwärts, stieg fast senkrecht und raste zwischen den Wolken außer Sicht. Ich wartete, bis das Klingeln in meinen Ohren nachließ, und sprach ins Mikrophon.

„Kip. Sagen Sie Decaree und Stalmaster, daß Toyrotto mit zwei Leibwächtern zu Letaboles Schiff zurückstartet; er bekam vom Maahk, soweit ich das richtig beobachten konnte, eine neue Schädelhaut. Eine solche Operation ist kein Verbrechen, also können wir nicht eingreifen. Halt – Augenblick."

Toyrottos Gleiter war gestartet und tauchte hinter Bäumen und Felsen auf, flog in einer engen Kurve vorwärts und auf mich zu. Noch ehe ich die Schirmfeldprojektoren aktivieren konnte, feuerten die Bordwaffen der kleinen Maschine. Ich schob die Geschwinigkeitsregler nach vorn, gleichzeitig baute sich das Schirmfeld auf, und die nächsten Feuerstöße schlugen in den Schutzschirm. Ich war sicher, daß mich weder Toyrotto noch seine Leibwächter erkannt hatten. Daß er mich angriff, war ein entscheidender Fehler; ich hatte ihn viel besonnener eingeschätzt. Mein Gleiter raste vorwärts, kippte nach rechts und verschwand hinter dem felsigen Bergkamm. Als ich am anderen Ende der Insel wieder über freiem Meer schwebte, sah ich, daß die andere Maschine die Geschwindigkeit steigerte und in Richtung auf das Delta und die Baulager davonraste. Ich folgte langsamer und warnte Kip Chelimo.

„Toyrotto wird, vielleicht auf Umwegen, in Letaboles Schiff zurückkehren. Laßt ihn durch, falls er keinen Zwischenfall provoziert. Wir warten weiterhin in unseren Masken, klar?"

„Klar, Sir. Ich habe ihn in der Ortung."

„Mich hoffentlich auch. Ich komme."

Obwohl ich das Pünktchen vor mir nicht mit Höchstgeschwindigkeit verfolgte, kreiste Toyrotto einmal jenseits des Deltas um das Schiff und schleuste ein. Die Ereignisse hatten einen Höchstgrad an Rätselhaftigkeit erreicht. Ich desaktivierte den Schutzschirm und parkte die zerschrammte Maschine neben den Landestützen des buntlackierten Schiffes. Eine Stunde danach trafen die Teammitglieder in der Messe zusammen. Ich hob die Hand und begann:

„Ein Maahk, der auf Graymonde lebt, macht mit Toyrotto Geschäfte. Dieser Kopfhautlappen muß ganz besondere Eigenschaften haben, sonst würde der Aufwand nicht lohnen. Beim zweiten Versuch gelingt es einem Maahk-Beiboot, den anderen Maahk zu töten und die Tauchmaschine zu vernichten. Zwei Maahks, angeblich keine echten Maahks, werden auf Lepso mitsamt ihrem Habitat in die Luft gesprengt. Auch von womöglich richtigen Maahks?" Ich berichtete, wie sich Toyrotto unter dem Einfluß der Maahkhaut verändert hatte. „Toyrotto will begreiflicherweise dabei nicht beobachtet werden und feuert auf einen Gleiter, der Quizzardo gehört. Was halten Sie davon?"

„Daß die Haut lebensverlängernde oder ähnliche Wirkung hat und nach einer Weile abstirbt." Decaree nickte grimmig. „Und daß die guten Maahks etwas gegen die Weitergabe der Haut haben und auch auf Lepso die bösen Maahks umbringen."

„Wodurch Toyrottos letzte Lebensjahre angefangen haben", sagte Stalmaster. „Sie sollten hinüberfliegen, Sir, und ihn begrüßen. Schließlich waren Sie Gast in seinem Palast."

Ich blickte auf die Digitalziffern des Chronometers.

„Noch nicht. In elf Minuten überspielt Quinto-Center über Relaiskette die letzten Informationen."

Jeder USO-Angehörige wußte, daß das Solare Imperium im Lauf der nächsten Jahre den ersten planmäßigen Vorstoß zum Andromedanebel durchführen würde. Daß unser Planet offensichtlich zum Schauplatz überraschender Vorfälle wurde, zeigte sich jetzt. Dennoch schien die

Position für Boith, Toyrotto und einige Maahk-Individuen von großer Bedeutung zu sein. Ich rührte in meinem Becher und mußte mir eingestehen, daß wir trotz riesigen Aufwandes noch immer keine verwertbaren Beweise hatten. Endlich meldete sich die letzte USO-Relaisstation. Die Spezialisten waren gründlich wie gewohnt. Wir lasen, hörten zu und sahen die Bilder; alles wurde aufgezeichnet.

„(Escape, Sigma Raphis, Lost Diamond): Girard Kjeell fand in Uslan Grandonets Privatunterlagen einen Liefervertrag mit Unterschrift und Siegel Boiths über die Lieferung von sieben Sklaven Typ (F). Dokument in Kopie im Bildteil."

„(Astronomische Abteilung): Nach Identifizierung der 2 Veränderlichen Sterne erfolgte Flug mit drei Schiffen zum Senoclypte-Planeten (Bigwood). Koordinaten im Bildteil. Asics identifierte den Planeten und das Tal GARST. Im Ortungsschutz der Sonnenkorona warteten wir auf den Start der EMPRESS. Ziel vermutlich Graymonde. Schiff wird verfolgt."

„Sehr gut", murmelte ich mit breitem Grinsen. „Dauert aber noch eine Weile, bis Sklaven und Holz hier eintreffen."

„(Q-Center): Über SolAb und Mercant wurde Solares Imperium verständigt. Sagte Unterstützung bei allen Aktivitäten außerhalb der Gerichtsbarkeit Lepsos zu. Informationen über Maahk-Geschichte wurden angefordert und werden vom Historischen Korps bearbeitet und weitergegeben."

Wie gut, daß es deine Erinnerungen an Maahk-Raumschlachten gibt, Arkonide, sagte der Extrasinn ironisch.

„(Lepso): Boith ist mit Arkonidin Tharna Ikabre vor drei Tagen von Lepso gestartet. Zuvor Masseneinkauf von Kleidung und Werkzeug, das ebenso für Graymonde wie auch Senoclypte-Welt geeignet ist. Ziele daher: jener Planet oder Graymonde. Über die Verantwortlichen für den Doppelmord auf Lost Diamond oder die Täter liegen keine Erkenntnisse vor. Ende der Nachrichtenübermittlung."

Decaree Moonthorne sagte zweifelnd:

„Toyrotto, Letabole und Boith, die EMPRESS. Alles trifft sich hier, Atlan. Es muß etwas geben, was wir bisher übersehen haben, das Graymonde so anziehend macht."

Kip überlegte.

„Zweifellos die Möglichkeit, Senoclypte-Sprößlinge einzusetzen und eine zweite Sklavenwelt zu gründen, ohne daß es jemand merkt. Bis jetzt haben wir nicht mehr als zweitausend ehemalige Zöglinge hier. Es könnten sich jetzt schon, trotz der planetaren Wüstenei, einige Millionen verstecken. Nicht einmal die gesamte USO würde sie alle finden, Sir."

„Stimmt", sagte ich nachdenklich. „Boith und die EMPRESS bringen noch Tausende und Abertausende, und wenn hier die Senoclypte richtig Wurzeln geschlagen hat, sind alle wieder unter Kontrolle der Pflanze, und alles fängt von vorn an."

„So ähnlich sieht der Plan Ihrer Geschäftspartner aus, Sir Quizzardo." Stalmasters Stimme drückte äußerste Mißbilligung aus. „Ich ahne, daß Boith auch den Surfacearchitekten hierherbringt, wenn Sie wieder weg sind. Wer wettet dagegen?"

Niemand meldete sich. Ich leerte meinen Becher.

„Irgendwie wäre es mir lieber, wenn sie beschlossen hätten, ihre Untaten auf Graymonde zu begehen. Hier ist nicht Lepso, auf Lepso wären sie immun. Es sieht so aus, als wären in einigen Tagen alle ihre Raumschiffe hier versammelt. Dann kann die USO zuschlagen."

Wir lösten die Versammlung auf. Ich beendete den Tag, indem ich in der gelbschwarz getigerten Space-Jet einen langen Inspektionsflug entlang der Grenzen der rekultivierten Gebiete unternahm. Decaree wies mich an vielen Stellen darauf hin, daß die Natur sich einzelne Nischen auch ohne unser Zutun zurückerobert hatte; dennoch vermißte ich einige Milliarden Vögel, Wild und den Anblick exotischer Blüten und Hochgewächse. Ich überlegte lange, ob ich Toyrotto einen Höflichkeitsbesuch machen sollte, entschied mich aber, noch zu warten. Erstens war er nicht offiziell eingetroffen, und zweitens brauchte er sicherlich noch einige Erholung unter der heilsamen Wirkung der Maahk-Haut.

8.

Links von uns rauschten die Wellen, rechts dünsteten die Sandstreifen aus, auf denen noch vor Tagen riesige Wälle Treibgut eingesammelt, vereist und in halbfingergroße Stücke zerbrochen und als Humusverbesserung verwendet worden waren. Nur ab und zu zog ein Schleier vor den Sternen vorbei. Unsere Schritte knirschten auf Sand und Muschelschalen. Meine Hand lag auf Decarees Schulter, und mit jedem weiteren Schritt nahm die Einsamkeit zu. Leise fragte sie:

„Wann wurde der erste sogenannte Zögling von der Senoclypte beeinflußt? Wer fand den Planeten? Seit wann sind das Tal GARST und andere Kontinentteile zu Brut- und Hortlandschaften geworden? Wie viele Zöglinge gibt es? Toyrotto ist sehr alt – hat er womöglich dafür gesorgt, daß die Frauen der Waldbevölkerung ständig neue Generationen in die Welt setzen? Rechne einmal und nimm an, er sei etwa hundertzehn Jahre alt!“

„Er könnte sechs Generationen ‚miterlebt‘ haben“, meinte ich leise und rechnete. „In sechs Generationen können aus dreißig Paaren mehr als neunzehnhundert Individuen werden.“

„Viel, viel mehr, wenn alle Frauen mehrmals gebären“, sagte Decaree. „Wir werden die Wahrheit vielleicht erfahren, wenn sich die Verbrecher weiterhin so dreist gebärden und unbeobachtet fühlen.“

„Ich bin sicher, daß unerkannt, aber erwartet, Senoclypte schon auf Graymonde wächst.“

„Zwischen anderen Gewächsen. Roboter können die Setzlinge herausreißen, auf einen Haufen schichten und auslöschen. Wir kennen die Gefahr, Liebster.“

Wir setzten uns auf einen Granitblock, der noch die Hitze des Tages ausströmte. Decaree lehnte sich schwer an meine Schulter und spielte mit einem handgroßen Schneckenhaus.

„Antis und Akonen, Decaree, und die Aras, wahrscheinlich auch andere Völker, spüren, daß der außenpolitische Druck nachläßt. Sie wittern sozusagen Morgenluft. Wahrscheinlich treten sie nicht sichtbar in Erscheinung, sondern unterstützen verbrecherische Organisationen. Das weiß natürlich auch Freund Perry. Noch hat dieses, nennen wir's Syndikat, keinen Namen. Unsere Agenten, Knotenpunkte eines riesigen Netzes, machen zahllose Beobachtungen. Tausend Gerüchte, kein Beweis. Es braut sich, und zwar galaxisweit, etwas zusammen. Es ist leicht, aus schönen, jungen Planetariern, die zum Dienen erzogen werden, selbstmörderische Attentäter zu machen. Deswegen werden wir auf der Senoclypte-Welt aufräumen, und zwar gründlich . . ."

Das Funkgerät summte. Ich winkelte den Arm ab und sagte:

„Quizzardo hier. Wer stört die nächtliche Ruhe?"

„Eines Ihrer Schiffe, Sir. Die OZYMANDIAS. In etwa einer Stunde landet sie etwa dort, wo Sie sich gerade ergehen."

Decaree stieß mich an. Der Logiksektor wisperte: *Asics ist an Bord. Sie kommen vom Senoclypte-Planeten. Wahrscheinlich aufregende Neuigkeiten. Sie haben die EMPRESS eskortiert und überholt.*

„Wir kommen, Kip", sagte ich. „Ohne Eile. Ich erwarte die Herren Schiffsführer dann in meiner Kabine."

„Sehr wohl, Sir."

„Um dieses Thema vorläufig zu beenden. Schon jetzt führen viele Hinweise zur Freihandelswelt. Deswegen ist Lepso wichtig. Und deshalb habe ich dort diese Komödie gespielt."

„Ich habe verstanden." Wir schlenderten langsam zurück und warteten auf die Landung der OZYMANDIAS. Kurz vor Mitternacht orgelte das Schiff über den Stützpunkt hinweg und landete einen Steinwurf vom Strand entfernt.

Asics M21019 (F) in der hellen Uniform des Jungagenten, salutierte knapp, lächelte und erklärte selbstbewußt:

„Mein Name ist jetzt Asics Newlife. Einverstanden, Sir?"

„Ich hoffe, Sie machen das beste aus diesem symbolträchtigen Anhängsel. Sie kommen vom Senoclypte-Planeten?"

Ich saß hinter meinem Schreibtisch. Die Kabine füllte sich mit USO-Leuten. Rave Sounder drehte grinsend die Spitzen des Oberlippenbartes und sah Asics von der Seite an, als wolle er sagen: ich, dein unbarmherziger Ausbilder, bin ganz zufrieden mit dir, Junior! Asics Newlife schob eine Kassette in den Abspielschacht und sagte:

„Wir haben lange gebraucht, bis wir den richtigen Ausschnitt des Sternenhimmels bestimmen konnten. Ich weiß nicht, wie viele Schiffe gesucht haben. Aber dann kamen die ersten Koordinaten, und wir fanden den Planeten in nur vier Tagen. Die Mannschaft der OZYMANDIAS hat bis zum Umfallen geschuftet, Sir. Wir waren vor der EMPRESS dort und konnten alles in Ruhe untersuchen."

„Und wie geht es den anderen Sechs?" fragte Decaree halblaut. „Sie sind wohlauf?"

„Selbstverständlich." Sounder nickte. „Die Kinder, tierlieb, werden auf einer Farm ausgebildet. Tierarzt ist der Berufswunsch. Schule und alles andere – perfekt versorgt, Sir."

„Ich habe nichts anderes erwartet." Das Gerät summte, die Holobilder bauten sich auf. „Die vier sind noch in Q-Center und gewöhnen sich an Selbständigkeit und an unsere Zivilisation. Sie lesen begeistert, halbe Tage lang, Unmengen. Es ist wie Asics berichtet: ein Kontinent, ein Wald, eine Pflanze."

„Wie viele . . . Zöglinge leben dort?"

Sounder atmete hörbar ein und aus.

„Geschätzt, Sir, mehr als zwei Millionen. In wahrscheinlich bis zu fünfzig Hortstätten. Täler, Flußläufe, Waldbezirke. Die Sklavenhändler werden nicht annähernd mit dieser Menge fertig, die von Senoclypte gut ernährt wird. Sehen Sie sich die Bilder an!"

Wir drängten uns vor die Monitoren. Der Zusammenschnitt zeigte zunächst einige Landeplätze, verschiedene Küstenabschnitte des großen Kontinents und etliche Siedlungen. Sie bestanden hauptsächlich aus Holz, so wie die Brücken, Stege und Teile weniger Straßen. An zwei Stellen hatten Brände ovale, graue Zonen im Wald zurückgelassen, der sich buchstäblich über den gesamten

Kontinent gelegt hatte. Senoclyptes Planet war eine alte Welt; nur im Zentrum der Landmasse ragten wenige felsige Berggipfel schroff aus dem endlosen Grün. Undeutlich waren große und kleine Nadel- und Laubbäume zu unterscheiden; daß Lichtungen und Gebüsch zu der Kollektivpflanze gehörten, konnte niemand erkennen, auch nicht in der Falschfarben-Wiedergabe. Mächtige Holzlager erstreckten sich entlang der Straßen und bei den Landeplätzen.

Die Menschen, die sich zwischen den Bäumen bewegten, sahen erwartungsgemäß so aus wie Asics, die anderen Sklaven, Charedh Grandonet, Lady Letabole und Toyrottos Diener. Die Landeplätze der Raumschiffe befanden sich in allen Fällen zwischen Waldrändern und Wasser, am Ende vielfach gekrümmter Straßen. Asics Newlife sagte laut und hart:

„Bigwood, das Land, in dem ich aufgewachsen bin. Wenn ich wüßte, wohin zahllose Zöglinge gebracht und verkauft worden sind, hätte ich gute Ziele für meine Wut und meinen Haß."

„Wenn die USO wüßte, ob Toyrotto und Boith für alles verantwortlich sind, hätten wir Grund, sie festzunehmen, anzuklagen und zu verurteilen", sagte ich. „Die EMPRESS und Boiths Schiff, dessen Namen wir noch nicht kennen, sind mit großen Laderäumen voll Sklaven hierher unterwegs."

„Mit mehr als dreißigtausend, schätzt man. Kein Zweifel, Sir", sagte Rave Sounder und nickte. „Für andere Aktivitäten außer Sklavenhandel, etwa Trainingslager für Attentäter oder dergleichen, fanden wir nicht die geringsten Beweise."

„Gute Arbeit!" Ich blickte von einem Gesicht zum anderen und sah überall kalte Entschlossenheit. Halblaut befahl ich:

„Wir warten, bis alle Schiffe hier gelandet sind. Dann schlägt die USO zu. Wir, Quizzardo und Freunde, bleiben im Schutz unserer Masken. Nötigenfalls verhaftet die USO auch uns. Ich will Grandonets Mörder. Lebend und aussagefähig. Wie viele USO-Kreuzer sind hierher unterwegs?"

„Sieben Einheiten warten auf Einsatzbefehle, Sir", sagte Sounder. „Wie wollen Sie sicherstellen, daß Toyrotto den Planeten nicht verläßt?"

„Durch Startverbot." Ich nickte Kip Chelimo zu. „Die USO, Kip, hat Quizzardo Unterstützung zugesichert und plant kurzfristig eine Inspektion. Wir wissen nicht, wann die Experten landen, klar?"

Es mochte bedenklich sein, Pflanzen und Tiere aus fremden Ökosystemen auf Graymonde einzusetzen, aber uns blieb keine andere Wahl. Als Decaree, Asics und ich mit der Space-Jet über dem planetologischen Mittelpunkt des Kontinents schwebten, am Ende eines breiten kultivierten Bandes, das sich von Osten heranschlängelte, drängte sich mir wieder einmal die Überzeugung auf, Burton Artemid habe die Pläne entwickelt.

Auf einer Breite von fünfzig Kilometern gingen die gelblackierten Ungetüme unaufhaltsam vor. Kubikkilometer Gestein, Erdreich und Sand wurden vermischt und zu einer Kunstlandschaft aufgetürmt; aus dem Gemisch ragten nur nackte Felsen auf. Hügel und Ebenen, zwischen denen die Betten künftiger Wasserläufe schimmerten, erstreckten sich bis zum Horizont.

„In ein paar Jahren sieht die Landschaft aus, als wäre sie durch die Evolution Graymondes entstanden." Decaree deutete auf ein Springerschiff, das in geringer Höhe schwebte und die Laderäume leerte. Asics schob das schwere Fernglas zur Seite.

„Können wir landen, Sir? Dieser Hügel, neben dem Granitriff, ist neu bepflanzt. Ich kenne die Pflanzen von Bigwood."

„Senoclypte?" Ich kippte den Auslöser für das Landegestell. „Bist du sicher?"

„Ziemlich sicher."

Wir landeten im Windschutz der Felsen und kletterten zwischen Nadelgewächsen und Laubbaumsetzlingen unterschiedlicher Höhe herum, wichen Ranken aus und sahen winzige Pilzkolonien. Asics zog das Vibromesser aus dem Stiefelschacht und nahm von jeder charakteristischen Pflanze eine Probe. Der Lärm der Maschinen und Schiffstriebwerke, ein bedeutungsloses Brummen, mischte sich ins Fauchen des Windes. Ich lehnte am feuchten Fels, sah den treibenden Wolken zu und glaubte, ein seltsames Flüstern und Wispern zu hören, fast den Versuch einer telepathischen Botschaft. Ich schloß die Augen, konzentrierte mich, lauschte in mich hinein: eine wohlige Stimmung umfing mich, in der einzelne Stiche zu beweisen schienen, daß zusammenwirkende fremde Bewußtseinseinheiten auf Graymonde Fuß gefaßt hatten und sich geschützt, sicher und am Beginn eines langen, nährstoffreichen Lebens fühlten. Von den Senoclypte-Setzlingen strahlten Schwingungen in alle Richtungen. Ich öffnete die Augen. Asics und Decaree standen an der Einstiegsleiter.

Asics versiegelte die Proben in einem Plastikkubus.

„Wie stark werden die Tiere beeinflußt?" fragte ich. Asics zuckte mit den Schultern. Am südlichen Horizont fiel Regen auf den Rand der Savanne und die wiederaufgeforstete Zone. Bis sich Teiche und Seen gefüllt haben würden, verging wohl auch ein halbes Jahrhundert. „Wahrscheinlich macht die Aufregung der Pflanzen die Tiere nervös, aufgeregt und aggressiv."

„Da es kaum Tiere gibt – noch nicht –, werden sie uns kaum beißen und zerfleischen." Ich half Decaree die Leiter hinauf. „Jedenfalls haben wir deutlich gesehen, daß die unabhängigen Firmen ihr Arbeitssoll redlich übererfüllen."

„Zurück zum Schiff?"

„Ja. Es paßt mir nicht besonders, daß irgendwer Springer als Transporteure einsetzt. Auch wenn sie Grassamen, Bäumchen und Regenwürmer heranfliegen."

Ich startete die Jet, zog die Landebeine ein und steuerte nach einem ausführlichen Kontrollflug unseren Stützpunkt an. Beide Springerschiffe mit weit geöffneten Luken standen landeinwärts. Der Transmitter spuckte einen Schwebecontainer nach dem anderen aus; es herrschte rege Betriebsamkeit. Als ich am Fuß der Rampe stand und zur Polschleuse meines Schiffes blickte, befiel mich ein Gefühl kommenden Ärgers. Einige meiner Leute standen mit Dutzenden von rotbärtigen Sippenangehörigen vor deren zerbeulten Schiffen. Es stank nach Faulschlamm oder ähnlichem. Ich überlegte einige Sekunden lang und entschied mich, nicht zu den Springern hinüberzugehen. Kip und Sounder winkten, ich winkte zurück, und zwei Gestalten lösten sich aus der Gruppe. Ein Springer und, so sah es aus, ein auffallend hochgewachsener Ara. Während ich die Rampe hinaufging, sagte der Logiksektor: *Graymonde wird zum galaktischen Treffpunkt. Ist deine Maske etwa durchschaut worden? Ein Ara?*

Ich zuckte mit den Schultern, schwebte durch den Antigravschacht aufwärts und schloß das Schott meiner Kabine hinter mir. Ich forschte in meiner Erinnerung: den Maskennamen benutzte ich nachweislich zum erstenmal. Augen- und Haarfarbe, Gesichtsveränderung und Zopf boten sich als Hauptmerkmale an, die Dekoration des Schiffes und der Beiboote war auch zum erstenmal von meinen Technikern entworfen worden. Es war undenkbar, daß jemand hinter der Maskierung den Chef der USO zu erkennen vermochte. Ich kontrollierte mein Aussehen im Spiegel. Kein Grund zur Unruhe, sagte ich mir. Wahrscheinlich regte mich das Warten auf Boith und seine Arkonidin auf, und die Ungewißheit, ob die USO-Schiffe lange und gut genug versteckt blieben.

Eine Assoziationskette baute sich auf: Senoclypte, Aras, psychische Mutationen, künstlich erzeugte Seuchen und hochwirksame medizinische Präparate, dazu der uralte Toyrotto, der möglicherweise seine Lebensenergie durch Maahkhäute verbesserte – zu viele Zufälle. Ich sah die inzwischen eingegangenen Meldungen durch und wußte, daß der Fall dem entscheidenden Schlußpunkt entgegenschlich. Eine Stunde später meldete Kip Chelimo, daß Boith zwei Schiffe zur Landung angesagt hatte.

Ein Monitor flimmerte. Aus dem Lautsprecher meldete sich Yric Lamort, ein Maschinist.

„Sir Quizzardo." Die Anrede bewies, daß er mißtrauisch war. „Ein Springer und ein Ara, die Herren Doncarn und Egharc möchten Sie sprechen. Haben Sie Zeit?"

Bringe es hinter dich, Arkonide, sagte ich mir. Ich

starrte die Bilder der beiden an und glaubte zu wissen, daß ich den Ara schon einmal gesehen hatte; vor einem Dutzend Jahren oder weniger. Ich antwortete ruhig und leicht gelangweilt:

„Einige Minuten kann ich erübrigen, wenn es denn dringend ist. Ich warte in meiner Kabine."

Ich desaktivierte alle Geräte und Monitoren, deren Informationen nicht für fremde Augen und Ohren bestimmt waren, lehnte mich zurück und sah Decarees wachsame Blicke, als sie das Schott öffnete. Ich nickte ihr aufmunternd zu und wartete. Zuerst brachte sie den wuchtigen Springer, hinter ihm den Ara herein. Mein Erinnerungsvermögen arbeitete zäh wie Sirup; ich deutete auf die Sessel.

„Alsar Quizzardo. Was kann ich für Sie tun?"

„Asle Egharc. Ein Besuch, eine Höflichkeit unter weitgereisten Planeteneignern. Ich habe erfahren, daß Sie erhebliche Summen ausgeben, um Graymonde zu einem Paradies der Zukunft umzugestalten. Mein Geschäftsfreund, Patriarch Zurno, der mir liebenswürdigerweise eine Passage ermöglichte, sprach davon. Ich entsinne mich, vor Jahren Ihre Bekanntschaft gemacht zu haben, als Ihr Name noch Etzla Quasardo oder ähnlich war. Sicherlich haben Sie Interesse an unserem überaus reichhaltigen Angebot: spezielle Wachstumshormone für Ihre Schößlinge, oder eine Forschungsstation hier, für die wir gern mit biomedizinischen Erkenntnissen und Ausführungstechniken bezahlen ..."

„Verbindlichen Dank!" Ich hob abwehrend die Hand. „Kein Interesse. Überdies hieß ich schon immer Quizzardo, und nicht einmal meine Sekretärinnen erinnern sich, Sie je gesehen oder Ihren Namen gehört zu haben, in welchem Zusammenhang auch immer. Wer hat Ihre DONCA und Ihre Sippe angeheuert, Patriarch Doncarn Zurno?"

„Boith und die CSQN-Gruppe. Sie zahlen gut, wir liefern pünktlich. Noch elf Flüge mit vollen Laderäumen." Der riesige Rotbart grinste breit und rieb seine Hände. Kopfschüttelnd antwortete der Ara:

„Es war auf Terra, Sir, in Terrania City. Der Großadministrator gab einen Empfang für eine Gruppe unserer Seren-Entwickler. Ich hatte die Ehre, mit Ihnen zu sprechen, bei einem Glas erfrischenden Mineralwassers. Sicher erinnern Sie sich."

Gib acht! Er hat dich erkannt! schrie lautlos der Extrasinn. Ich sah die Szene vor mir. Ara-Ärzte hatten ein Gegenmittel entwickelt, das tödliche Allergien einer Kolonistengemeinschaft heilte und verhinderte. Allerdings hatte ich unmaskiert neben Perry mit nicht weniger als hundert Gästen gesprochen. Der Ara grinste listig, ich hob die Schultern und meinte:

„Ich komme mit unzähligen Leuten zusammen, spreche auch bisweilen mit ihnen ... ich kann mich nicht erinnern. Zu Ihrem Angebot, Doktor Egharc! Dieser Planet wurde geschunden, seine Kruste mehrmals durchgewühlt. Man ließ Ruinen, Rost und seengroße Löcher zurück, fällte neunundneunzig von hundert Bäumen und tötete jedes Tier, das größer als eine Möwe war. Das äußerste, das ich bei der Rekultivierung gestatte, ist Naturdünger in den Pflanzballen. Wir haben das Problem, chemische Hinterlassenschaften abzubauen, und keinen Bedarf für Wachstumshilfen aller Art. Und da, wie oft versichert, die United Stars Organisation diese Welt kontrolliert, kann ich Ihnen gerechterweise auch keinen Stützpunkt anbieten. Tut mir leid."

Der Ara stand auf und sagte:

„Es war einen Versuch wert. Mister Boith versprach sich von Ihnen in diesem Zusammenhang größeres Entgegenkommen. Sie gestatten, daß ich auf ihn warte?"

„Selbstverständlich." Ich kam ebenfalls auf die Beine. „Sollte Sir ay Toyrotto inzwischen eingetroffen sein, verständigen Sie bitte auch ihn von meiner strikten Weigerung."

„Wir tun unser Bestes."

Wir verbeugten uns mit kühler Höflichkeit voreinander, das Schott öffnete sich, und Decaree brachte die Gäste bis zur Polschleuse. Ich rief in Chelimos provisorische Zentrale hinüber und erfuhr, daß Boiths Schiffe noch vor Einbruch der Nacht landen würden. Der Ara hatte keinen Beweis für seinen Verdacht; waren Toyrotto und seine Freunde mißtrauisch genug, ihm trotzdem zu glauben?

Asics Newlife, Vence Stalmaster und Rave Sounder sprangen aus dem Gleiter. Die Maschine sah aus, als sei sie einen Felsabhang hinuntergerollt, die Männer starrten vor Schmutz, ihre Kleidung und die Stiefel waren zerschlissen. Sie stolperten auf mich zu. In ihren Gesichtern stand Erschöpfung. Stalmaster lehnte sich schwer gegen den Bohlenstapel und sagte stockend:

„Sir. Das müssen Sie sehen. Zwischen Savanne und neuem Wald, im Süden! Die Bigwood-Leute dort haben halb durchgedreht. Wir haben eine Ruinenstadt entdeckt, weil's furchtbar geregnet hat, und plötzlich kam im knochentrockenen Flußlauf eine Flutwelle herunter und hat den Gleiter mitgerissen." Er holte tief Luft, schüttelte sich und sprach leiser weiter. „Wir duschen uns erst einmal, dann erstatten wir Bericht. Sollte alle interessieren, Sir."

„In fünfundvierzig Minuten, in meiner Kabine."

Sie wankten an mir vorbei ins Schiff. Ich sah lange hinüber zu den anderen Schiffen, den Raumwalzen der Springer und Boiths großen Kugelraumschiffen. War er so reich, daß ihm die Schiffe gehörten? Die Morgensonne färbte Schiffe, Türme und Container goldfarben, und lange Schatten lagen auf dem Strand und wuchsen an Dünenhängen aufwärts. Eigentlich hätten die Ruinen bekannt sein müssen, denn Graymonde war gründlich durchwühlt und kartographiert worden. Ich hörte aufmerksam zu, als das Team einigermaßen erholt berichtete.

Ein Sturm hatte vor einer handvoll Tagen eine dicke Sandschicht abgetragen, im Dreieck südlich des Äquators und zweihundert Kilometer vom Meer entfernt. Zwei Tage und Nächte lang hatten Regenfälle die Barriere der Berge gepeitscht, das Arbeitsgebiet in eine Schlammwüste verwandelt und vorübergehend Rinnsale, Bäche und Flüsse in den Boden gefräst. Stalmaster hatte einen trockenen Unterschlupf gesucht, den Gleiter am Fuß eines Hügels abgestellt und war mit Asics und Sounder auf eine Höhle zugegangen. Als die Männer erkannten, daß der Höhleneingang in Wirklichkeit das steinerne Portal eines Tempels oder einer Halle war, kam die Flutwelle durch das Flußtal und wirbelte den Gleiter mit sich. Zwei Kilometer weiter südlich warf sie ihn auf eine Sandbank, und dort war es Asics gelungen, hineinzuklettern und die Maschine zu starten.

Der Gang führte hundert Schritt tief in die Dünen hinein. Sie hatten zwölf Seitenkorridore gezählt und im Scheinwerferlicht Zeichnungen und Glyphen in den Quaderwänden gesehen. Kurz darauf landete ein Transporter, der einige tausend Tonnen Sand laden wollte, und beim Anblick der Bilder waren etwa siebzig Bigwood-Arbeiter in helle Aufregung geraten und hatten von geheimnisvollen Befehlen geredet. Sounder senkte den Kopf und murmelte:

„Vier Stunden Flug mit der Space-Jet. Ich glaube nicht, daß es geheimnisvolle Goldschätze oder ähnliches gibt. Die Dünen über den Ruinen sind etwa drei Quadratkilometer groß."

„Wir fliegen. Wer ist kräftig genug, mir den Kurs zu zeigen?"

„Ich." Asics hob den Arm. Ich zählte die Ausrüstung auf.

„In einer Stunde. Ihr zwei schlaft euch aus! Die Schiffe können später den Sand aufsaugen, dann sind die Ruinen schnell freigelegt. Ich rufe die Diensthabenden zusammen. Asics, geh in die Kombüse und sorge für ausreichend Essen und Getränke. Ich übernehme den Flug."

Sie grüßten und schwankten müde hinaus. Ich rief ein Achtmannteam zusammen, weckte Decaree und befahl den Robotern, die Jet zu beladen. Um sieben Uhr planetarer Zeit startete ich; nur meine Vertrauten wußten, wohin wir flogen. Mit der Sonne im Rücken landeten wir am nassen Rand des Flußbettes, am nördlichsten Punkt der Dünen. Das Wasser war versickert und verdunstet. Auf einer Länge von zweitausend Metern hatte die Flut den Sand weggerissen und die Sockel kantiger Bauwerke freigelegt. Mehr als zwei Dutzend Eingänge zwischen Säulen, Mauern und Stufen lagen im grellen Morgenlicht. Die Landeteller drückten sich mehr als einen halben Meter tief ein. Wir packten Scheinwerfer und Reserveenergiezellen und gingen langsam an gekippten Treppenstufen, zerbrochenen Basaltplatten entlang, spähten in nachtschwarze Tunnels und Gänge und sahen Fabelwesen, unentzifferbare, halb mannshohe Chiffren und winzige, schließschartenartige Löcher in Wänden aus Kalkstein und Sandstein.

„Das ist uralt“, sagte ich schließlich.

Sonnenlicht fiel fast waagrecht zwischen runden Säulen und kantigen Eingängen auf feuchten Sand. Wir gingen hinein, blieben nach ein paar Schritten stehen und warteten, bis sich die Augen an die veränderten Lichtverhältnisse gewöhnt hatten. Ich erwartete weder vergrabene Schätze noch technische Anlagen, die uns Auskunft über die Erbauer gaben, leuchtete die Wände und Decken ab und versuchte zu erkennen, welche Bedeutung die Reliefs hatten. An vielen Stellen hafteten noch Farbreste am Stein. Viele leere Nischen trugen Rostspuren, zwischen wuchtigen Steinplatten rieselte Sand von den Decken. Die längsten Säulen stützten in zwanzig Metern Höhe die kantigen Traversen. Das tempelartige Bauwerk, in dem Decaree und ich standen, war mehr als fünfzig Meter tief, und in den Nebenhallen lag der Sand meterhoch. Staunend und murmelnd folgten wir den Lichtkreisen der Scheinwerfer. Am Kopfende der Haupthalle führten dreißig wuchtige Stufen zu einer Plattform, auf der ein massiver, rechteckiger Quader, zehn Meter breit, auf gemeißelten Pranken stand.

„Ein Thron? Oder ein Altar? Was ist das, Atlan?“ fragte Decaree. Die Lichtkegel kletterten über Stufen, Quader und eine hochkant gestellte Platte. Lautstark unterhielten sich vor einem Nebeneingang zwei Teammitglieder. Die Steinmassen saugten die Echos auf. Quer über die weiße Steintafel zogen sich Reliefbänder, und in etwa zehn Metern Höhe war ein kreisförmiges Zeichen eingraviert.

Ich zuckte zusammen, als ich es erkannte. Der Extrasinn wisperte: *Das war hier nicht zu erwarten, Atlan.*

Graymonde ist also noch bedeutender, als du befürchtet hast!

Im Zentrum etwa handtellergroßer Kreise befand sich das vielzackige Symbol eines Sterns. Ich brauchte die Kugeln nicht erst nachzuzählen. Es waren dreißig. Erschüttert, fast erschrocken murmelte ich:

„Das ist ein Symbol, mit Sicherheit älter als zehn Jahrtausende. Das Zeichen des Miracleringes, des Schreckenswalles der Verganen. Erinnere dich – ich sprach mit dem Roboter darüber, während meines Anfalles auf der Insel."

Decaree nickte schweigend. Die Scheinwerferkegel zitterten. Wir stiegen einige Stufen hinauf, als ich merkte, daß sich wieder jemand vor dem Eingang bewegte. Ich drehte mich um, blinzelte und erkannte zuerst eine Gruppe Personen, dann funkelnde Reflexe auf Waffen und technischem Gerät und erst fast zu spät, daß es nicht meine Leute waren. Ich handelte reflexhaft, gleichzeitig mit der Warnung des Logiksektors. Ich flüsterte: „Scheinwerfer aus! Los! Komm mit!"

Ich zog Decaree mit mir, holte Atem und schrie, während wir im Sand rutschend die Stufen hinaufsprangen:

„Ein Überfall! Bringt euch in Sicherheit. Feuert zurück!"

Wir erreichten den mächtigen Sarkophag und rannten um dessen Kopfende. Ich hatte es instinkthaft vermutet: dahinter war ein Hohlraum. Ich ging voraus, ließ den Scheinwerfer aufblitzen und erkannte nach einem Dutzend Schritten einen schmalen Gang, der tiefer in die Dünenruinen hineinführte und bald darauf auf einen Querstollen traf. Wir rannten nach links, stolperten über Stufen aufwärts, und als ich schwer gegen die Wand fiel, gaben zwei Säulen nach, kippten ins Leere und ließen krachend, scharrend und rumpelnd eine schwere Platte in tiefen Aussparungen hinter uns senkrecht herunterdonnern. Wir waren eingeschlossen, und ätzender Staub wirbelte durch die Dunkelheit. Ich lehnte mich fluchend gegen die Mauer. Toyrottos und Boiths Männer hatten den Kampf eröffnet.

9.

Ich drosselte hustend die Leistung des Handscheinwerfers. Der Durchlaß im Quaderwerk war trocken und roch nach dem Staub von Jahrtausenden. In der jähen Stille glaubten wir, unseren Herzschlag zu hören. Keuchend fragte Decaree:

„Hätten wir ihnen nicht helfen sollen?“

Ich hatte mir die Frage soeben selbst gestellt, lauschte und antwortete, sobald ich das Ohr von der Wand gelöst hatte.

„Es waren zu viele. Ich habe Paralysatoren gehört; sie hatten nicht vor, jemanden zu töten. Auf unsere Weise helfen wir ihnen am meisten. Wir sind im Klerikerstollen.“

„Wo?“

„Im Auftritts- und Fluchtgang der Priester. Hier erschienen sie unbemerkt vor den Gläubigen, und bei einer Flucht konnten sie noch das Wertvolle vom Altar an sich raffen. Falls es wirklich ein Tempel war. Und da die Herren Heiligtumspfleger auch irgendwo gewohnt haben, werden wir bald im Freien sein, denke ich.“

Ich kroch über sandbedeckte Stufen weiter. Als Decarees Scheinwerfer wieder aufflammte, sahen wir, daß der Gang zwanzig Meter geradeaus weiterführte und scharf abknickte. Schweigend gingen und rutschten wir weiter und wirbelten mehr Staub auf. Eine Rampe führte in einem breiteren, niedrigen Gang aufwärts. Falls hier einst Skelette gelegen haben sollten, waren sie buchstäblich zu Staub zerfallen. Während wir uns durch das stauberfüllte Dunkel kämpften, sagte ich:

„Entweder haben sie mich erkannt, also Atlan und die USO angegriffen, oder sie wollen Quizzardos Besitz. Ich bin verblüfft, daß sie sich so früh aus der Deckung hervorwagen.“

Fünfhundert oder sechshundert Schritte weit führte der Gang in vielen rechten Winkeln horizontal, meist über Stufen und kurze Rampen aufwärts. Unzählige Nischen, über denen breite Rußzungen bis zur Decke reichten, ließen uns erkennen, daß der Fluchtgang häufig benutzt worden war. Nach mehr als einer Stunde standen wir vor einem Durchgang, dessen Decke eingestürzt war und als Trümmerhaufen den Weg versperrte. Ich lehnte mich schwitzend gegen den Rahmen und überlegte laut.

„Das Universum ist voller Geheimnisse. Offensichtlich sind Vergangenheit, Gegenwart und Zukunft ein kaum entwirrbares Knäuel. Und wir stecken mittendrin."

Unsere Scheinwerferstrahlen versuchten die Dunkelheit des dahinterliegenden Raumes zu durchdringen und fuhren über Trümmer, Staub, Reliefs, Wendeltreppen und runde Mauern.

„Wahrscheinlich hast du recht." Decaree kletterte auf den Trümmerberg hinauf. „Warum kommst du gerade jetzt und hier zu dieser Einsicht?"

„Die Einsicht habe ich schon etliche Jahrtausende." Ich folgte ihr und glaubte zu wissen, daß wir uns in einem Rundturm befanden. „Ich spreche sie jetzt aus, weil ich das unverwechselbare Zeichen des Miracleringes ausgerechnet auf Graymonde gesehen habe. Und ich erkenne keine Zusammenhänge."

Die Stufen ragten an der Innenwand des Turms aus den Quadern. Dünne Säulen stützten steinerne Decken. Wir tasteten uns zwischen scharfkantigen Brocken und über nachrutschenden Sand mühsam aufwärts. Auch in diesem Turm gab es keine Relikte der Vergangenheit mehr; nur Stein und Sand. Die Wände waren voller eingeritzter und eingemeißelter Bilder, die jede Handbreit zwischen Nischen und Fensterschlitzen bedeckten. Gepreßter Sand, hart wie Stein, füllte die Fenster aus. Auf dem obersten Stockwerk führte eine Rampe quer durch den Raum zu einer großen, von Säulen gestützten Öffnung des Daches. Sand war seit endlos langer Zeit heruntergerieselt, naß geworden und wieder getrocknet; es bildete einen großen, trichterförmigen Korken, eine kleine Düne, über die Hälfte der Stufen bis zur Wand. Die Lichtkreise vereinigten sich wackelnd über unseren Köpfen. Ich gab Decaree den Scheinwerfer, zog die Waffe und veränderte die Einstellung des Hochenergieprojektors. Ich schätzte die Sandmassen ab und murmelte:

„Hoffentlich hören uns nicht die falschen Leute."

Der Überfall schien gelungen zu sein, denn nicht ein einzigesmal hatte jemand zu funken versucht. Ich feuerte kurz in den Sand zwischen Steinkante und verkrusteter Oberfläche. Die Explosion wirbelte Sand und Staub nach allen Seiten, die Quader schienen zu vibrieren. Eine Tonne Sand rutschte raschelnd über die Stufen der Wendeltreppe nach unten. Über uns schien eine Düne zu lasten. Ich wartete, bis wir besser sehen konnten, und feuerte ein zweitesmal. Jetzt schoß, wie ein Wasserfall, trockener Sand aus einem runden Loch und verschwand staubend in der finsteren Tiefe. Wir preßten die Ärmel vor Nase, Mund und Augen. Der trockene Sand riß Teile der alten Ablagerungen mit sich, und plötzlich erschien in der Decke ein runder Fleck Helligkeit, färbte den Sand und wurde größer. Wir blinzelten in der plötzlichen Lichtflut, husteten und warteten. Unaufhörlich rann Sand, bildete über den Steinplatten einen Trichter, dessen Wände in unausgesetzter Bewegung waren und stürzte sich ins Innere des Turms. Staubwolken brodelten in die Höhe und zogen langsam durch die Öffnung ab. Schließlich erstreckte sich über die Treppe bis zur Oberkante des Trichters eine schräge, golden glänzende Düne. Ich sah in Decarees schweißüberströmtes, staubverkrustetes Gesicht.

„Die Gefahr, daß wir in den Ruinen ersticken, ist vorbei. Ich bin sicher, daß sie draußen nach uns suchen."

„Schalt dein Gerät auf Empfang, sieh nach, und ich warte", sagte Decaree. „Natürlich suchen sie uns. Wahrscheinlich zuerst unten, in den Bauwerken."

„Einverstanden."

Ich sicherte die Waffe, wischte den Staub vom Gesicht und aktivierte das Funkmodul des Mehrzweckarmbandes. Ich nickte Decaree zu und krabbelte leise fluchend durch rutschenden Sand in die Richtung der Düne. Mit Händen und Füßen wühlte ich mich durch die nachstürzenden Massen und war endlich auf der Höhe der einstigen Turmplattform. Ich setzte mich auf die Steinkante und lauschte; nur warmer Wind strich über die Dünenhänge. Die Sonne stand auf halber Höhe, und hinter dem letzten Hang sah ich die Polrundung eines

Kugelschiffes. Ich richtete mich vorsichtig auf und sah mich um. Nördlich der Dünen ertönte ferner Lärm von Planiermaschinen. Über die Felsbarriere am Horizont schwebte eine Kette Antigravcontainer. Leise rief ich Decaree zu, was ich sah. Dann entschloß ich mich.

„Ich gehe nach Norden. Dort ist genug Deckung. Wir könnten auch die USO-Schiffe rufen, aber Boith könnte uns abhören und flüchten. Wenn nichts passiert, warte bis abends und folge meinen Spuren."

Sie nickte. „Ich höre nur zu. Wenn ich mich melde, bin ich in Gefahr, Atlan."

„Damit rechne ich nicht. Wahrscheinlich dauert es nicht lange. Das Gebiet ist nicht groß."

Ich hob die Hand und kletterte zum Dünenkamm aufwärts und auf der westlichen Seite, außer Sicht des Schiffes, über den Hang nach Norden. Die Oberfläche der riesigen, erstarrten Wellen war hart und windgeriffelt; ich kam gut vorwärts und bewegte mich rund eine Stunde lang in glühender Hitze zwischen Sandmassen auf den Rand der Dünenzone zu. Die Kämme wurden niedriger und verloren ihre scharfen Kanten. Einzelne Halme und verkrüppelte Palmengewächse durchbrachen die Sandfläche, bizarre Sandsteinformationen, die ebensolche Schatten warfen, tauchten zwischen dürren Büschen auf. Ich drehte mich um; meine Spur war nicht zu übersehen, aber an vielen Stellen wehte der Wind Sand in die Vertiefungen. Der Logiksektor flüsterte mit großer Eindringlichkeit: *Sie werden alle nach dir suchen und dich hetzen, Atlan, gleichgültig, welchen Namen du für sie trägst.*

Ich nickte grimmig und schlug schwitzend zwischen Felsnadeln, halb ausgehöhlten Knollen, erodierten Brükken und verschlungenen Spalten den Weg nach Osten ein, in die Richtung zum Schiff. In weitem Bogen, stets in guter Deckung, umrundete ich die Ruinenstadt unter den Dünen. Während ich vorwärtshastete und das Funktionslicht des Gerätes kontrollierte, fiel mir wieder einmal auf, wie wenig Insekten, Vögel und Kleintiere es im Gebüsch und im feuchten Schatten gab; meine Vorgänger hatten wahrlich gründliche Arbeit geleistet. Das Gelände senkte sich zum Bett des periodischen Flusses ab. Zwischen den Steinblöcken starrte ich hinüber zum Schiff; es war die SCHÖN UND REICH, im Dialekt Lepsos: „AZRAR + STOLOJAM“ Boiths, des Mannes ohne Nachnamen. Zwei Luken standen offen, ein Gleiter kreiste zwischen dem Schiff und der Grenze der Ruinenstadt. Langsam pirschte ich mich näher heran. Dornen rissen an den Stiefeln und Schultern, Hitze schmorte zwischen den Steinen. Drei Transportgleiter standen mit offenen Türen im Flußbett. Sie hatten Bigwood-Zöglinge herangeschafft, die mit Hacken und Spaten ausgerüstet waren und an Dutzenden Stellen Sand in die Saugschläuche schaufelten. Sämtliche Eingänge waren freigelegt worden. Befehle hallten aus den Außenlautsprechern. Ich erkannte am Schiffsrumpf weit ausgeklappte Parabolsender von Psychostrahlern und fluchte in mich hinein.

„Sie machen's gründlich“, murmelte ich und kroch bis zum äußersten Ende der Deckung. Zwischen mir, dem Schiff und den trockenen Mauern und Säulen breitete sich leeres, ebenes Gelände aus. Etwa dreihundert Männer suchten nach Decaree und mir. Von meinem Team war nichts zu sehen. Ich riskierte, Decaree zu rufen.

„Gib keine Antwort. Folge vorsichtig den Spuren. Ich warte in der Deckung.“

Der Gleiter flog langsam entlang der Sockel, Säulen und Eingänge. Ich klappte den Feldstecher aus und verfolgte den Flug, bis der Pilot umkehrte und wieder im Schatten des Schiffes landete. Der Logiksektor sagte: *Sie genießen die Jagd: Lady Letabole, Toyrotto, Boith, Tharna Ikabre und ihre Wächter!*

Mein Team war höchstwahrscheinlich im Schiff gefangen. Sogar während der Suche nach uns schufteten Boiths Arbeiter und füllten mit der Antigrav-Traktorstrahlanlage einen Riesencontainer nach dem anderen. In einem Monat würden sie, wenn sie so weitermachten, die Ruinen völlig freigelegt haben. Die Vergrößerungen der Feldlinsen zeigten eine weitere erstaunliche Tatsache. Die Verbrecher trugen teure, modische Jagdkleidung und ebensolche Bewaffnung. Sie genossen es wirklich. Ich kroch zehn Meter rückwärts zwischen überhängende

Felsen und stachelige Büsche und war halb entschlossen, die Dunkelheit abzuwarten.

Im Schutz von einem Dutzend Leibwächtern zogen sich Toyrotto und seine Freunde ins Schiff zurück. Mehrere Wachen blieben in der Polschleuse stehen. In unregelmäßigen Abständen rannten Arbeiter aus der Tiefe der Bauwerke und schleppten aufgeregt Fundstücke zum Schiff, redeten auf die Wachen ein und wurden wieder weggeschickt. Ich konnte nicht erkennen um welche Funde es sich handelte, aber sie wogen ziemlich schwer. Unerträglich langsam verging etwa eine Stunde. An die Arbeiter wurden Getränke verteilt. Die Wachen saßen in der kühlen Schleuse und tranken Bier. Ich verließ meine Deckung, triefend von Schweiß, und in sicherer Entfernung beobachtete ich das Ende der Dünen. Zehn Minuten später sah ich Decaree, die vom Hang der letzten Dünen zum Felsirrgarten rannte.

Kurze Zeit später setzte sie sich neben mich. Wir schalteten die Funkgeräte aus; ich erklärte ihr die Situation. Sie hob die Schultern und wischte Schweiß aus ihrem Gesicht.

„Wenn wir den eigenen Schiffen Eingreifbefehl geben?“

„Dann gibt es Kampf und Tote. Unser Team ist gefangen. Außerdem besteht die Gefahr, daß die SCHÖN UND REICH startet und flüchtet. Ich will die Verbrecher lebend und, natürlich, überführt und hilflos.“

Ich beobachtete weiterhin aufmerksam die Szenen rund ums Schiff. Ein Wächter lief zum Gleiter und steuerte ihn durch eine Luke ins Schiff. Kurz danach kam das Fluggerät mit offenem Verdeck und acht Insassen ins Sonnenlicht, flog einen Kreis ums Schiff und patrouillierte über den Arbeitern und Sandcontainern. Die Geschwindigkeit nahm zu, das Summen des Antriebs schlug an unsere Ohren, der Gleiter schwebte weit kurvend dicht über den Dünen nach Westen. Ich legte Decaree die Hand auf die Schulter.

„Gleich haben sie die Spuren. Die Jagd fängt an. Wir sollten versuchen, ins Schiff zu kommen und zum Lager zurückzufliegen. Es sind keine geübten Gegner! Du greifst nur in brenzligen Situationen ein.“

Sie huschte davon. Ich brauchte nicht nachzudenken und wußte genau, an welcher Stelle ich die größeren Vorteile hatte. Ich rannte im Zickzack tiefer in den steinernen Irrgarten hinein, zog langsam die Waffe und schaltete auf Punktfeuer. Unsichtbar für einen Angreifer aus der Luft hockte ich unter einer breiten Felsbrücke und wartete geduldig wie ein Jäger.

Der Gleiter schwebte in großer Geschwindigkeit von den Dünen heran. Der Pilot kauerte vor der Steuerung. Sieben Insassen hingen über der Bordwand, johlten, lachten und feuerten aus Handwaffen und Langwaffen gezielt und ungezielt schräg nach unten. Fünf oder sechs Energiestrahlen schlugen zufällig um mein Versteck herum ein. Ich stützte den Kolben der Waffe fest auf, zielte sorgfältig und feuerte, als der Gleiter in schrägem Winkel auf mein Versteck zuraste, in die Öffnungen der Antigravelemente.

Zwei, drei Detonationen fetzten weißglühende Metallfetzen durch die Luft. Der Gleiter bockte, wurde einen halben Meter in die Höhe geschleudert und sackte, ohne an Geschwindigkeit zu verlieren, schräg nach unten, auf das Zentrum der unberechenbar verstreuten Steinformationen zu. Dumpfer Explosionsknall hallte über die Landschaft. Die Maschine fiel rauchend und funkensprühend auf die Felsen zu und schlug hinter ihnen ein. Das Heck wurde in die Höhe gerissen, und eine endlos lange Sekunde sah ich Staven ay Toyrottos Körper, der aus dem Sitz geschleudert und in der Luft gedreht wurde, sich zweimal überschlug und mit ausgebreiteten Armen und Beinen auf eine flache Felsflanke prallte. Das Geräusch des Aufschlags ging im Krachen und den Explosionen unter. Waffen wirbelten wie Bumerangs umher und klirrten gegen den Stein.

Ich sprang auf und hetzte im Zickzack zwischen die Felsen auf die Absturzstelle zu. Im Laufen aktivierte ich das zweite Energiesystem der Waffe und schaltete den Paralysatorprojektor hinzu. Hinter den Felsen, zwischen Klirren und Krachen, ertönten Schreie und Befehle. Eine Frau kreischte und wimmerte. Schüsse peitschten durch die Felsspalten. Als ich eine Stelle erreichte, von der ich die Lichtung aus Sand, Felsbrocken und schwelenden Sträuchern einsehen konnte, rannte Tharna Ikabre heulend an mir vorbei. Ihr Haar hatte gebrannt, von ihrem Kopf, vom Kragen und den Schultern wehten graue Rauchschleier weg. Ihre Hände fuhren zitternd und voller Brandblasen über den rußigen Kopf, sie hastete stolpernd in wilder, panischer Flucht irgendwohin. Brust, Rücken und Hüften ihres weißen Wildlederanzugs waren blutüberströmt und zerfetzt. Halb unter dem vibrierenden Gleiter lag ein toter oder sterbender Leibwächter.

Ich bückte mich und packte den schweren, versilberten Zweihandstrahler. Er schien unversehrt zu sein. Als ich mich wieder aufrichtete, begegnete ich über eine Distanz von vierzig Metern dem Blick Boiths. Im gleichen Augenblick schob sich Decaree auf der gegenüberliegenden Seite der Lichtung aus der Deckung und feuerte einen Lähmstrahl in den Rücken eines Leibwächters, der Lady Letabole aus dem halb zertrümmerten Gleiter half, dessen Energieblöcke schwelten und Funken sprühten.

Boith riß die Waffe in die Höhe und feuerte wutentbrannt und schlecht gezielt in meine Richtung. Ich ließ mich fallen, rollte zur Seite und entging nur knapp einem Inferno aus Glut, Flammen, Steinsplittern und vergastem, brennendem Sandstein. Für wenige Augenblicke hatte ich freie Sicht auf die Zone unter dem Schiff. Aus der Polschleuse stürzten Bewaffnete und rannten in meine Richtung. Ich wechselte den Lauf und feuerte auf die Männer. Eine Barriere aus aufgewirbeltem Sand und grellen Glutblitzen entstand zweihundert Meter von mir entfernt.

Ich rannte weiter, schlug einen Bogen und turnte über kantige Felsen. Keuchend blieb ich auf einem der höchsten Punkte des Felsgewirrs stehen, sah unter mir einen Leibwächter, der sich mit erhobener Waffe langsam und suchend drehte. Ich zielte mit dem Lähmstrahler auf seinen Hals und feuerte. Im selben Moment kam Boith zwischen den Felsen hervor, schrie etwas Unverständliches und schwenkte die Langwaffe herum. Der erste Energiestrahl heulte an meiner linken Schulter vorbei, der zweite traf die Stelle, an der ich eben noch gestanden hatte. Ich sprang in den Sand und zwischen rußende Sträucher.

Irgend jemand schrie aufgeregt Befehle in ein Funkgerät. Ich schoß auf Boith und trieb ihn mit einer wohlgezielten Serie von glutenden Einschlägen zurück in den Schutz der Felsen. Decarees nächster Schuß traf Lady Letabole, die neben dem Gleiter kauerte und systematisch in jede Lücke zwischen den Felsen feuerte, die im Zielkreuz auftauchte. Lautlos sackte die Frau im dunkelblauen Jagdanzug zusammen und ließ die Waffe fallen. Ein weiterer flüchtiger Blick zeigte mir den Piloten, der stöhnend versuchte, aus dem Cockpit zu klettern. Offensichtlich waren ein Arm und ein Bein gebrochen. Sein Gesicht war blutüberströmt. An einer Felsfläche sah ich den Schatten von Boiths Oberkörper, feuerte auf diese Stelle und versuchte, ungesehen und schnell in die Nähe seines Verstecks zu kommen. Decaree winkte einem Wächter, und noch bevor er seine Waffe in die richtige Position bringen konnte, sackte er gelähmt und betäubt zusammen und riß sich die Schulter am Felsen blutig.

Boith, dessen schwarzer Lederanzug zerrissen und an einigen Stellen verschmort war, wandte mir den Rücken zu, als ich in dem dunklen Felsspalt auftauchte. Er suchte mich nicht mehr in der Nähe meiner letzten Position, sondern an jener Stelle, an der ich wahrscheinlich auftauchen würde. Ich zielte auf seinen Nacken und sagte halblaut:

„Ihr letzter Fehler, Boith . . .“

Er reagierte ungewöhnlich schnell, ließ sich fallen, schwang den Arm zurück und wollte auf mich schießen. Aber mein Lähmschuß traf ihn einen Sekundenbruchteil früher. Dicht neben meiner Schläfe zuckte der grellweiße Spurstrahl der Energiewaffe vorbei und verlor sich leise orgelnd in der Luft. Ich legte meine Waffe auf den Felsen, aktivierte das Armbandfunkgerät und schaltete die Geheimfrequenz ein.

„Ich rufe Kip Chelimo. Hier spricht Atlan. Kip! Einsatzbefehl für alle unsere Schiffe. Sie sollen den

Planeten anfliegen und jeden Start von Graymonde, gleichgültig von welcher Gesellschaft, verhindern. Sie holen sich aus der OZYMANDIAS genügend Leute und verhaften offiziell, im Namen der USO, den Ara und den Springer. Für die DONCA besteht selbstverständlich Startverbot. Wir kommen höchstwahrscheinlich mit der AZRAR UND STOLOJAM von den Ruinen zurück. Mein Team wurde gefangengenommen. Decaree und ich sind wohlauf. Sie erreichen uns auf dieser Frequenz. Es eilt, Kip, und es ist wichtig."

„Verstanden, Sir. Um mich herum fängt die Rennerei schon an. Verlassen Sie sich auf uns."

Ich rief Decaree, während ich wieder über die schrundigen Felsflanken aufwärts kletterte und auf die hastenden Gestalten feuerte, die im Zickzack über die Sandfläche sprangen.

„Ich höre, Liebster. Unverletzt?"

„Ja. Komm zum Gleiter. Wir haben noch die Männer vom Schiff vor uns. Ich kümmere mich um Toyrotto."

„Verstanden. Komme sofort."

Ich orientierte mich und lief zu der Felsplatte vor dem Gleiterbug, kletterte hinauf und drehte den regungslosen Körper vorsichtig herum. Toyrotto lebte noch und sah furchtbar aus. Ein Auge war zerstört, das andere blinzelte im Sonnenlicht. Ich stellte mich vor ihn, so daß Schatten auf seinen Kopf fiel. Sein Körper und der Felsen waren blutüberströmt. Seine Finger bewegten sich flatternd, ich kauerte mich nieder. Die Maahkhaut auf seinem Kopf bewegte sich, als würde es unter ihr kochen. Der grünliche Glanz war verschwunden. Sie sah abstoßend grau und schleimig aus.

„Wollen Sie mir noch etwas sagen, Toyrotto?"

Er keuchte, atmete gurgelnd, spuckte Blut und zuckte mit dem Handgelenk, aus dem Knochensplitter hervorstachen.

„Wir alle . . . haben Sie . . . unterschätzt." Er machte eine Pause. Die Kappe aus reptilartiger Haut löste sich in winzige Kristalle auf, die wie Staub über die Felsplatte rieselten. „Sie werden Senoclypte . . . nicht besiegen. Ich habe ... viel zu lange gelebt ... Fallen Sie in ein schwarzes ... Loch."

Er versuchte sich aufzurichten, wimmerte und keuchte, dann zuckte er und starb. Ich sah zu, wie sein Gesicht binnen weniger Sekunden uralt und mumienhaft wurde, grau und faltig wie Pergament, und die Haut schien sich von seinem Kopf losreißen und davonkriechen zu wollen, aber alles, was blieb, war ein feiner silberner Nebel, der sich im Sonnenglast auflöste. Ich bemerkte, daß Decaree neben dem Gleiter, zwischen den regungslosen Gestalten, auf mich wartete. Ich kletterte hinunter, und wir gingen auf die vorrückenden Wachen und Raumfahrer zu.

„Alles vorbei. Ich hab' unsere Flotte alarmiert", sagte ich. „Es wird in ein paar Tagen ein furchtbares Strafgericht geben."

„Verständlich. Sie haben uns keinen größeren Gefallen tun können, als sie anfingen, die Herrschaft über Graymonde an sich zu reißen. Was bedeutet, daß sie dich nicht als Atlan identifiziert haben."

„Jetzt wissen wir es genau", brummte ich und zog Decaree an mich. Wir kamen zwischen den letzten kleinen Felsen hervor, ich hob den Arm und schrie:

„Hört auf! Toyrotto und die anderen sind tot. Weitere Kämpfe sind sinnlos. In den nächsten Minuten landen zwanzig Schiffe der United Stars Organisation. Widerstand ist fast tödlich, Kooperation wird akzeptiert. Es ist vorbei, Leute."

Nacheinander und langsam standen sie auf, kamen aus der Deckung hervor und steckten die Waffen ein. Es waren, wie erwartet, ausnahmslos Zöglinge der Senoclypte. Schließlich zählten wir neunzehn verwirrte, ratlose Leute. Ich wies nach Norden, auf die dünnen Rauchfäden der Gleiter.

„Dort drüben liegen Sterbende, Tote und Bewußtlose. Holt sie, bringt sie ins Schiff, ins Lazarett. In einer Stunde fliege ich das Schiff zurück zum Stützpunkt. Ich bin bereit, einiges zu vergessen, was eure Mitschuld betrifft. Macht schnell, sonst verschmoren eure ehemaligen Befehlshaber. Holt euch ein paar Arbeiter und, meinetwegen, einen anderen Gleiter aus dem Schiff."

Decaree und ich blickten in hellbraune Gesichter. Die Leibwächter, drei Frauen und etwa fünfzehn Männer, waren sichtlich überfordert. Ich zeigte zum Schiff und sagte:

„Die Arbeiter stehen unter dem lautlosen Befehl bösartiger Strahlen aus den Projektoren dort oben. Sie sind bald keine willenlosen Sklaven mehr; ich schalte die Psychostrahler ab. Wenn sie begreifen, was ihnen passiert ist, werden sie euch in Fetzen zerreißen. Also: seht ein, daß sich alles geändert hat und bringt zum Schiff, was ihr dort findet. Los, schnell!"

Ich deutete zu den Felsen, nickte und sah zu, wie sie losrannten, verstört und gehorsam. Schweigend gingen wir bis zur Rampe und beobachteten die Arbeiter, die unablässig die Container füllten. Über dem Gelände lag eine seltsame Endzeitstimmung; die Schurken waren ausgeschaltet, und der Gegensatz zwischen den Fassaden uralter Bauwerke, den Maschinen und dem Kugelraumschiff konnte nicht größer und beeindruckender sein. Ich holte tief Luft und brummte:

„Wir sind noch lange nicht am Ende dieser Aktion. Zu viele Fäden hängen wedelnd umher und sind nicht verknüpft."

Wir gingen die Rampe hinauf und näherten uns den unbewachten Antigravröhren.

„Einige hundert USO-Leute werden dir einige Denkarbeit abnehmen können, Liebster. Du hast, was du wolltest – alle Schurken wurden auf deinem eigenen Grund und Boden gestellt, nachdem sie sich in aussichtslose Lagen gebracht haben."

Wir schwangen uns aus der Aufwärts-Röhre, kamen völlig ungehindert durch weit offene Schotts in die Zentrale und trafen dort auf den Kopiloten. Er hob die Schultern und hörte schweigend zu.

„United Stars Organisation", sagte ich halblaut. „Bringen Sie das Schiff in Startbereitschaft. Ich werde den Arbeitern sagen, daß sie ihre Ausrüstung zusammenpakken und sich damit ins Innere des Kontinents verziehen sollen. Wo sind meine Leute?"

„In der Krankenstation, an die Liegen gefesselt."

Ich sah auf die Uhr und murmelte:

„Und dort schlafen sie noch immer. Wo ist die Psychostrahleranlage?“

Der Mann, ebenso verwirrt wie alle anderen, mit denen wir bisher gesprochen hatten, deutete auf eine Nische des zentralen Kontrollraums. Ich nickte und zeigte mit dem Waffenlauf aufs Steuerpult.

„Wir starten in dreißig Minuten. Tun Sie, was nötig ist. Die Leibwächter bringen den Toten und den Rest Ihrer bisherigen Arbeitgeber ins Schiff. Wenn das erledigt ist, fliegen wir zurück zum Hauptlager. Ist das klar?“

„Völlig klar, Sir.“ Der Kopilot stotterte und beugte sich über Schalter, Regler und Hebel. Ich ging zum Terminal der Anlage, setzte Kopfhörer auf und bog das Mikro vor meine Lippen. Die Anlage war mir ebenso vertraut wie die Steuerpulte des Kreuzers, dem zivilen Nachbau einer Flotteneinheit. Ich programmierte eine Reihe Befehle. Die letzten Container sollten gefüllt werden, die Arbeiter mußten essen und trinken, und zusammen mit den Maschinen sollten sich noch vor Sonnenuntergang die Transportgleiter nach Norden, zur Kontinentmitte und zum bisherigen Arbeitsplatz zurückziehen. Jedwede Aktivität hier sollte heute abend beendet sein. Ich beobachtete die Bildschirme, als die Psychostrahler die geänderten Anordnungen abstrahlten. Nach kurzer Verwirrung schienen die Senoclypte-Sklaven zu begreifen und gehorchten meinen Befehlen. Ich starrte voller Widerwillen die Apparaturen an und unterdrückte den Impuls, mit der Hochenergiewaffe hineinzufeuern; es träfe wieder die Falschen, die Unschuldigen.

Das Gleiterwrack wurde von einer Antigravplattform abgeschleppt. Die Leibwächter transportierten die Toten und Bewußtlosen ins Schiffshospital und in einen Laderaum. Ich betätigte den Infrarot-Sammelschalter und löste die Gliederfesseln meiner Teamangehörigen. Das Sirenengeheul vertrieb die Arbeiter aus der Nähe des Schiffes; Luken schlossen sich, die Rampe schob sich zurück, die Polschleusentore rasteten ein. Als die Fläche unter dem Schiff leer war, startete ich und ließ mir vom Kopiloten assistieren. Weniger als eine Stunde später landeten wir auf „unserem“ Teil des Lagers. Noch immer heulten USO-Kreuzer durch die Lufthülle und setzten in einem weiten Halkbkreis um beide Lager auf; es herrschte schwer beschreibbare Aufregung. Mediziner enterten das Schiff und kümmerten sich um die Bewußtlosen; irgendein Kommando begrub Staven ay Toyrotto und die toten Leibwächter. Tharna Ikabre, unter vielen weißen Binden wie eine Halbmumie, wurde in künstlichem Tiefschlaf gehalten.

Ich blieb an Bord, bis die letzten Kleinigkeiten geklärt waren, rechnete, gab eine lange Reihe von Befehlen und ließ eine Funkstrecke zu Perry Rhodan einrichten. Ich bat um die Übersendung eines Telepathen und zog mich zwei Stunden vor Anbruch der Nacht in meine Kabine zurück.

Vence Stalmaster und Decaree hielten meinen beschwörenden Blicken stand. Ich nickte Asics Newlife zu und sagte:

„Ich muß mich auf euch völlig verlassen können. Wenn ihr Spezialisten oder Laborarbeiter braucht, holt euch die Besten aus Quinto-Center oder jeden Verfügbaren aus den Stützpunkten. Fliegt zum Senoclypte-Planeten, nach Bigwood und untersucht alles. Findet die sogenannte Keimzelle der Pflanze, denkt an die verschwiegenen Künste der Aras, untersucht die Radioaktivität und alles andere. Ich komme mit diesem Schiff nach, wenn ich die Zusammenhänge kenne; noch sind Boith und Letabole bewußtlos. Arbeitet, nötigenfalls, einen Evakuierungsplan aus, für die Zöglinge der Pflanze. Auf Graymonde gehen alle Arbeiten wie gewohnt weiter. Unsere Maskierung ist aufgehoben – ab jetzt untersteht alles der USO. Denk an deine Leute, Asics! Ich ahne, daß jemand vor langer Zeit die Senoclypte auf Bigwood manipuliert hat. Wer, wann und wie ... keine Ahnung. Aber wir finden's heraus. In weniger als einem Monat lande ich auf Bigwood, Decaree. Du hast bis dahin Generalvollmacht.“

Sie lächelte zuversichtlich und wartete, bis Vence aufgestanden war.

„Wir machen das Beste daraus, Atlan. Ist unter Toyrottos Habseligkeiten etwas gefunden worden, das auf die wahre Natur Senoclyptes hinweist? Oder auf die Maahk-Aktivitäten?“

Ich schüttelte den Kopf. Die Wertsachen und der einzigartig teure Schmuck, den er getragen hatte, lagen im Safe meines Schiffes. Lady Daphny Letabole, der Ara Asle Egharc und Boith befanden sich in engen Einzelzellen, ebenso wie die wichtigsten Frauen und Männer ihres Trosses. Der Transmitter war wieder in beiden Richtungen freigegeben.

„Nein. Nichts. Aber spätestens nach dem Psychoverhör werden wir es wissen. Ich verständige euch.“

Ich begleitete das kleine Team zum Schott, verabschiedete mich und schloß die schwere Metallplatte. Ich fühlte mich furchtbar müde und tröstete mich mit der Überlegung, daß etwa hundert Frauen und Männer zusammenarbeiteten, um die Anklage hieb- und stichfest zu machen. Letaboles und Boiths Raumschiffe wurden mit penibler Gründlichkeit durchsucht, und eine Stunde später hörte ich die Startfreigabe für die OZYMANDIAS. Zwei kleine Einheiten starteten kurz darauf und steuerten Quinto-Center an. Ich zermarterte mein Hirn auf der Suche nach etwas, das die USO und ich vergessen hatten, dachte an die Ruinen und das Zeichen des Miracleringes und versuchte, ergebnislos, Vergangenheit und Gegenwart zu verknüpfen.

10.

Ich sah schweigend von einem Monitor zum anderen. Sämtliche Arbeiten am Hafen und an den Gebäuden gingen mit gewohnter Schnelligkeit und Präzision weiter; USO-Leute hatten das Baubüro Lady Daphny Letaboles besetzt und kontrollierten Schiffe und Materialfluß, Arbeiter und die Logistik ihrer Versorgung. Im Inneren des Kontinents wurde weiter aufgeforstet, Gelände großräumig gesäubert, modelliert und, abseits der Straßen und Brückenbauwerke, sich selbst überlassen. Ich registrierte, als ich zu Boiths Schiff hinüberging, daß ein Container ausgepackt war, voll von bemerkenswerten

Kästen mit Zeichnungen darauf: Schmetterlinge, Fruchtfliegen, Bienen, Ameisen.

Die Frauen und Männer der USO-Abteilung hatten sämtliche Aufseher entwaffnet und versuchten, die Verantwortlichen von denjenigen zu unterscheiden, die Letabole, Ikabre und Boith gehorchen mußten, weil sie unter dem Einfluß der Senoclypte oder intensiver Hypnoschulung standen. Ich ging zum Antigravschacht und durch leere Korridore in Boiths Privatkabinen. Seit sechsunddreißig Stunden wurde er von Spezialisten, die sich ablösten, verhört. Ich sah mich flüchtig um; ich erwartete äußersten Luxus und wurde nicht enttäuscht. Boith saß in einem Sessel. Ein breites Gliedermetallband fesselte seine Handgelenke, das dunkelblaue Haar mit goldenen Spitzen war grau und stumpf. Ich lehnte mich gegen die Schreibtischkante, grüßte meine Spazialisten, sah die Menge der aufgenommenen Bänder und betrachtete Boith. In zerknittertem Hemd und ausgebeulter Hose, grau im Gesicht, die Augen vom Schlafmangel gerötet und geschwollen, das Haar wirr, versuchte er, sich aufzurichten.

„Ich habe wenig Lust“, sagte ich, „stundenlange Verhöre weiter fortzusetzen. Die Liste der Anklagepunkte ist lang.“ Ich wandte mich an meine Männer. „Weiß Mister Boith schon, wie wenig beneidenswert es seinen Freunden geht?“

„Nein, Sir. Wir haben keinerlei Informationen an die Gefangenen weitergegeben.“

Ich holte tief Atem und fixierte eine surrealistische Halbplastik, deren Oberfläche ein diskretes Raumparfüm absonderte.

„Daphny Letabole, wie Charedh Grandonet eine ehemalige Sklavin, Zögling aus dem Tal GARST des Senoclypte-Planeten wird ebenfalls verhört. Sie ist sozusagen wohlauf. Tharna Ikabres Brandwunden werden bestens versorgt. Kopf, Nacken, Schultern und Arme, besonders die Hände, sehen gräßlich aus; viele Transplantationen werden nötig sein. Auf Beseler, dem Strafplaneten, wird sie vielleicht ihre Schönheit wiederbekommen. Toyrotto ist begraben. Ihre Versuche, mich zu töten und Graymonde in Besitz zu nehmen, waren wenig erfolgreich.“

„Ihre . . . Maske war zu gut. Zu perfekt.“ Seine Stimme klang wie gemahlenes Glas. „Daß Sie der Arkonide waren . . . wir glaubten dem Ara nicht.“

„Abtrünnige Maahks, die von ihren Artgenossen verfolgt und schließlich getötet wurden, versorgten Staven ay Toyrotto mit lebensverlängernden und stärkenden Zellfolien, die immer wieder erneuert werden mußten. Graymonde war Treffpunktplanet, und deshalb Ihr geschäftliches Interesse hier. Richtig?“

„Ja. Er hat gewußt, daß er die unwiderruflich letzte Haut bekommen hat. In vier Jahren wäre er gestorben.“

„Woher stammt sein sagenhafter Reichtum?“

„Er hat diesen Waldplaneten ausgebeutet. Sein Großvater handelte schon mit Sklaven von Senoclypte.“

„Wer soll sein . . . Geschäft weiterführen?“

„Daphny, seine Geliebte. Und ich. Es wurde ihm zu groß. Was passiert mit meinem Land hier, und mit dem Hafen?“

„Es gehört Ihnen. Aber Sie werden es wohl niemals verwalten. Bestimmen Sie einen Vertreter, der höchst penibel von den scharfen Fachleuten der USO kontrolliert wird. Schließlich haben Sie alles exakt bezahlt. Graymonde wird rekultiviert, wie besprochen.“ Ich wandte mich an meine Leute. „Macht die Hände los und gebt ihm etwas zu trinken.“

Er starrte mich an.

„Die Entführung des Surfacearchitekten Burton Artemid geht auch auf Ihr Konto? Wo ist er?“

„Auf Senoclyptes Welt. Es geht ihm gut. Er war viermal lange auf Graymonde. Er wurde fürstlich bezahlt.“

Sklavenhandel, Entführung, Mordversuch; die Urteile würden hart ausfallen.

„Warum wurden Grandonet, ehemaliger USO-Spezialist, und seine Frau ermordet? Wer ist dafür verantwortlich?“

„Habe ich schon alles Ihren Leuten gesagt. Ich war's nicht. Toyrotto. Grandonet wurde ihm zu gefährlich, wußte zuviel. Seine Frau hatte irgendwie die Konditionierung überwunden und ihm vom Brutplaneten erzählt. Ich wußte nichts von seiner Bestellung. Daß ein Mann, der auf die Konditionierung nicht ansprach, aus dem Tal GARST nach Lost Diamond flüchten konnte, wer hätte das für möglich gehalten."

„Ich. Haben wir die Namen der Mörder?"

Boith nickte, Spezialist Champro murmelte:

„Alles gespeichert, Sir. Er hat schließlich vorbildlich gestanden und Namen, Adressen und Vorfahren genannt."

„Seit wann werden Sklaven gehandelt?"

„Seit hundertsechsundneunzig Jahren."

„Wann kamen die Aras nach Bigwood, zur Senoclypte?"

„Toyrotto hat sie und ihre Substanzen vor . . . dreiundsechzig Jahren eingesetzt."

Meine Spezialisten staunten und begriffen. Vor knapp zwei Jahrhunderten wurden auf Bigwood Menschen eingefangen oder durch Versprechungen in die Sklavenschiffe gelockt und auf anderen Welten, meist aber auf Lepso verkauft. Erst seit mehr als sechs Jahrzehnten wanderten sie „freiwillig" aus, von der „Konditionierung" zum Dienen geprägt und in Schulen ausgebildet. Ich sagte:

„Ihr Strafmaß wird mitbestimmt durch die Anzahl der Namen Ihrer sogenannten ‚Kundenkartei'. Ich muß leider annehmen, daß Toyrotto die Maahk-Zellgewebe mit lebender Ware bezahlt hat. Kennen Sie Zahlen?"

„Hunderttausend, kaum weniger."

„Seit wann?"

„Etwa seit dreißig Jahren. Ich weiß nicht, wo seine Schiffe die Zöglinge ablieferten. Irgendwo am Rand der Galaxis oder noch weiter entfernt. Viele Springersippen sind dabei reich geworden."

„Die Einzelheiten sind gespeichert?"

„Selbstverständlich, Sir." Champro entspannte sich ein wenig. „Der Gefangene hat ein gutes Gedächtnis. Viele Namen und genaue Daten."

Ich sah, daß sämtliche Geräte mitliefen. Mizumo ließ den Computer die Daten, Koordinaten und Namen heraussuchen und speicherte sie unter den betreffenden Stichworten ab.

„Wissen Sie, woher die Zöglinge stammten? Schiffbrüchige?“

„Ja. Arkoniden, Akonen und ein drittes Volk, das niemand kennt, haben sich vermischt. Es ist mindestens ein Vierteljahrtausend her, wahrscheinlich dreihundertfünfzig Jahre. Wir haben Raumschiffüberreste gefunden. Im Tal GARST, im Zentrum.“

Ich löste mich von der Tischkante, ging zum Schott und sah, daß der Gefangene am Ende war. Sein Oberkörper kippte im Sessel nach vorn und wurde immer wieder hochgerissen. Die Füße rutschten, verdreht, zur Seite weg.

„Ihre Transportmittel, die dem Sklavenhandel gedient haben, werden von der USO eingezogen. An Ihren Besitz auf Lepso kommen wir nicht heran. Es wird, was Bigwood betrifft, kein Zögling mehr verkauft. Graymonde wird von einer kleinen Anzahl ehemaliger Zöglinge besiedelt. Was mit Hafen und Bauten passiert, wenn sie fertig sind, entscheiden wir später. Vielleicht ein USO-Erholungscenter. Sinngemäß gilt das Gleiche für die Damen Letabole und Ikabre. Das war ein unschönes Ende unserer kurzen, vielversprechenden Geschäftsbeziehung.“

Ich nickte ihm zu und sagte, zu meinen Männern gewandt:

„Macht Schluß; er wird nicht mehr viel sagen können. Wir vergleichen die Daten, und schließlich haben wir einfachen Zugriff auf unsere geständigen Gefangenen. Bis später.“

Ich schloß das Schott hinter mir, betrachtete sinnend die Perlmutt-Gold-Email-Intarsien darauf und die vergoldeten Hebel und Schalter, hob die Schultern und war zufrieden darüber, daß wir den Springerpatriarchen und den Ara-Mediziner auch festgenommen hatten. Die Ergebnisse unserer Verhöre, unsere eigenen Feststellungen, fast alle Daten wurden gesammelt kodiert und an die SolAb und NATHAN gefunkt, auch die Namen der Springerschiffe und der rotbärtigen Patriarchen.

Patriarch Doncarn Zurnos Pranken umklammerten die Gitterstäbe der Zelle. Er stierte mich haßerfüllt, aber schweigend an. Als er zu fluchen anfing, hob ich die Hand und sagte halblaut:

„Mit Ihnen diskutiere ich nicht, Springer. Sie, Ihre Sippe und Ihre DONCA haben für alle Zeiten absolutes Lande- und Handelsverbot auf allen Imperiumswelten und auf allen Planeten, auf denen die United Stars Organisation auch nur ein wenig Einfluß hat. Die Springerschiffe, die Sklaven transportiert haben, werden in einem großen Teil der Galaxis ernsthafte Schwierigkeiten bekommen. Wir kennen jeden Namen. Sie sind frei. Gehen Sie, starten Sie sofort, und verlassen Sie Graymonde. Ihr famoser Gast bleibt in meiner persönlichen Obhut."

Ich tippte ein Signal in die Tastatur des Armbandgerätes. Die Zelle öffnete sich; ich zog langsam die kleine Waffe. Der Springer stapfte hinaus, ich folgte ihm langsamer.

Seine Flüche hallten in der Antigravröhre wie ferner Donner. Ich wartete den Start des Walzenraumers ab. Jetzt hatte ich endlich Zeit, mich dem – vorläufig – letzten Teil dieser Aktion zu widmen. Ich stellte ein Kommando zusammen, das mich auf dem Flug nach Bigwood begleiten sollte.

PLANET BIGWOOD, ÜBER DEM TAL GARST: 16. Mai 2400: Am Ende des Peilstrahles donnerten die Triebwerke meines Schiffes auf. Die Antigravelemente vibrierten unter Höchstbelastung, als sich das psychedelisch bemalte Raumschiff mit ausgefahrenen Landebeinen zwischen die beiden kleinen USO-Einheiten senkte. Ich verfolgte im Kopilotensitz die Phasen des Landeanfluges und hatte genügend Zeit, die Bilder auf den Schirmen der Panoramagalerie zu betrachten. Im Zentrum des großen Kontinents erstreckte sich eine große, kreisförmige Lichtung zwischen Wäldern voller uralter Bäume.

Das dunkelgrüne Gras, über das Sonnenlicht und Wolkenschatten huschten, sah aus, als hätten es Tiere abgeweidet. Im Mittelpunkt der Fläche wuchsen, wie eine

Halbkugel aus Pflanzen, bambusartige Gräser, Büsche in ansteigender Größe, kleinere Nadelbäume und schließlich Laubbaumriesen. Schwärme farbenprächtiger Vögel kreisten über den Wipfeln. Tamui Romine legte den Hauptschalter um und sagte:

„Zweifellos eine schöne Welt, Sir."

Meine Maske hatte sich aufgelöst. Ich trug wieder nackenlanges Haar, noch nicht völlig silberweiß, und auch die Augenfarbe war nicht die eines Arkoniden. Zwischen den beiden Raumschiffen waren Sonnensegel gespannt, unter denen ich Sitze und Tische sah. Vögel mit farbenfrohem Gefieder flatterten ohne Angst um die Polkalotten der Schiffe.

Romine regelte Servomaschinen ein und bediente Schieber, Knöpfe und Schalter. Er fragte über die Schulter:

„Wie lange bleiben wir, Sir?"

„Ein paar Tage, denke ich. Wir müssen den Architekten nach Hause fliegen und mit Senoclypte . . . ja, irgendwie verhandeln. Aber das wird der Telepath besser wissen als ich."

Ich wartete in der Polschleuse, bis die Rampe ausgefahren war. Einige Lukentore rumpelten auf. In seiner Zelle hockte Asle Egharc und ahnte möglicherweise, wohin wir ihn gebracht hatten. Seit den kurzen Verhören, die wenig Erkenntnisse erbracht hatten, schwieg er. Auch seine Bewacher waren nicht gesprächig. Die Aras waren bekannt für ihren angewandten Stoizismus, aber ich glaubte ihm die skeptische Gemessenheit nicht ganz. Ich ging über das kurze Gras hinüber zu den Sitzgruppen. Decaree kam mir entgegen und zog mich in den Schatten.

„Uns geht's gut", sagte sie. „Ab und zu besuchen uns Zöglinge und bringen uns Beeren, Früchte und Nüsse. Wir leben so gesund wie schon lange nicht mehr. Wir haben eine ganze Menge herausgefunden."

Ich hob den Arm und grüßte die USO-Mitglieder, setzte mich in einen Klappsessel und streckte die Beine aus. Kitai Ishibashi näherte sich bedächtig vom Mittelpunkt-Wald. Ich erkannte den großgewachsenen, hageren Japaner an seiner Haltung: Er schlurfte mit vorgebeugtem

Oberkörper und fuhr sich durch sein schwarzes Haar. Eine charakteristische Geste. Seine Suggestor-Fähigkeit wurde wahrscheinlich ebenso gebraucht wie seine telepathische Sonderbegabung.

„Wir waren das vorletzte USO-Schiff", sagte ich und griff nach dem Becher, „das von Graymonde startete. Auch Boiths Schiffe und die EMPRESS haben den Planeten verlassen. Dreißig unserer Leute kontrollieren gegenwärtig die Arbeiten. Es ist wieder ruhig in der Nachbarschaft von Quizzardos Paradies."

„Boith und die anderen?"

„In der Obhut der Imperiumsbehörden. Keiner der drei hat eine Chance, mit milden Strafen davonzukommen. Wir haben die Daten und können uns um andere Mitglieder dieser Bande kümmern. Das Toyrotto-Imperium ist zerschlagen. Niemand wird mehr Sklaven von Bigwood kaufen."

„Eine tröstliche Aussicht. Die Senoclypte von Bigwood ist ein Organismus, der auch auf uns wirkt. Ich erkläre es dir nachher; da ist Kitai."

Wir begrüßten uns. Ich schilderte Ishibashi unser Problem und schloß: „Der Ara muß uns sagen, wie die Pflanze manipuliert wurde. Und Sie sagen mir, ob es telepathische Beziehungen zwischen Ihnen und Senoclypte gibt, die verwertbar sind."

„Es wird am besten sein, Atlan, wenn Sie und ich heute abend zu den Sehr Alten Bäumen gehen, in die Mitte des Waldes. In der Ruhe ihrer Urzelle ist Senoclypte fähig zu einer Art Dialog. Bringen Sie mich in die Nähe des Aras."

„Ich werde den Ara in Ihre Nähe bringen." Ich grinste. „Morgen. Und in Senoclyptes Nähe."

„Ich würde mich gern vorbereiten. Ich bin sorgfältiges Arbeiten gewöhnt. Als Suggestor kann ich seinem Mitteilungsbedürfnis nachhelfen. Bringen Sie ihn zum Essen in die Messe."

„Einverstanden, Kitai. Die Aras bekamen von Toyrotto Sklaven für medizinische Experimente, Zöglinge von hier. Dafür veränderten sie etwas an den Pflanzen. Finden Sie's heraus!"

„Heute abend."

Es herrschte später Mittag. Ich fand Asics Newlife, und er berichtete mir stolz, daß es dem Architekten gutgehe. Auch in seinen Träumen erfuhr er von Senoclypte, daß ihr eigenes Wachstum sie würgte und zu erdrosseln drohte. Aber kein Traum zeigte Lösungsmöglichkeiten dieses Problems. Ich besuchte Burton Artemid in der Messe der OZYMANDIAS und tippte ihm auf die Schulter. Er sah von der Darstellung einer pseudoattischen Zone voller Zypressen und Pinien an weißen Stränden hoch. Ich sagte:

„Ich bin Alsar Quizzardo alias Atlan Gonozal. Sie gestalten gerade Graymonde, meinen Planeten. Herzlichen Dank."

Artemid sprang auf, schüttelte meine Hand und brach in ein lautes, langes Gelächter aus. Er hielt es für Zufall, daß unsere Schiffe gerade hier gelandet waren und seine geräumige Holzhütte am Außenrand der Grasfläche gefunden hatten. Er hatte die EMPRESS erwartet; seine Arbeit näherte sich dem Ende.

Am frühen Vormittag des nächsten Tages gingen wir auf dem schmalen Pfad, den unsere Leute ausgetreten hatten, zwischen raschelnden Bambusgräsern und zitternden Büschen auf die ersten Stämme des Waldnukleus' zu. Auch ich hatte geträumt, daß Senoclypte uns etwas erklären wollte. Zwischen Ishibashi und mir ging der Ara Egharc. Er befand sich zwar unter der Kontrolle des Suggestors, verhielt sich aber neugierig und entspannt. Wir hatten wissenschaftlich unanfechtbar ermittelt, daß Senoclypte aus vielen Pflanzengattungen zusammengesetzt war, also nicht wirklich einen Block bildete. Bigwood war kein Kollektivwesen. Aber sämtliche Individuen in der Hierarchie der Flora verbanden winzige Knöllchen im Bereich der Haarwurzeln. Empfindungen und Befehle wurden in geringer Geschwindigkeit übermittelt, und es schien viele selbständige Bezirke statt eines „Pflanzengehirns" zu geben. Leise sagte der Mutant zu mir:

„Natürlich habe ich meine telepathischen Fühler ausgestreckt. Seit Beginn der Evolution war Senoclypte nichts anderes als Teil der Natur, so wie wir sie verstehen. Vor vielen ‚Blütenwechseln' geschah etwas, das eine gewisse pflanzliche Intelligenz geschaffen und verstärkt hat, die Teile des Organismus zusammenfügte und Senoclypte zwang, die Verhaltensmuster anderer Wesen zu manipulieren."

Ich deutete auf Asle Egharc. Ishibashi nickte. Wir passierten die Wurzeln und Stämme der kleineren Bäume und gingen dem Plätschern einer Quelle nach.

„Ich glaube", sagte ich, „daß sich alles auf einer niedrigen Ebene abspielt. Die Träume waren reichlich diffus."

„Das ist auch meine Erfahrung."

Der Wald „raunte": alle Teile waren in Bewegung begriffen. Blüten starrten uns an. Gräser neigten sich vor unseren Stiefeln zur Seite. Ein Kiespfad führte in Schlangenlinien tiefer ins Halbdunkel, das von Sonnenstrahlen zerteilt wurde. Wir blieben zurück und ließen den Ara einige Meter vorausgehen. Aufregung packte die großen Blüten; sie schlossen und öffneten sich langsam und vertrieben die nektarsaugenden Vogelwinzlinge; es begann modrig zu stinken. Ishibashi flüsterte:

„Nehmen Sie's nicht wörtlich, Sir: Sie fragt, ob der Ara an der Veränderung schuld ist. Ich habe zustimmend geantwortet. Der telepathische Druck wird stärker."

Ein angestrengter Ausdruck erschien in seinem glatten Gesicht. Er schloß die Augen und blieb stehen. Es roch nach Moschus und Schleimpilzen. Der Ara bewegte sich wie in Trance.

„Senoclypte begreift sich als ‚Kaiserin'." Der Mutant atmete schwer. „Sie herrscht über das Land." Langsam ging Asle weiter; wir folgten in einigem Abstand. Das Rauschen und Rascheln wurde eindringlicher. „Sie will nicht herrschen. Seit der Veränderung quält sie das eigene Wachstum."

Ich nickte. Wir erreichten die Quelle, die zwischen einem wahren Gebirge ineinander und übereinander verschlungener Wurzeln sprudelte. Der Ara kletterte schweigend bis zum stärksten Stamm und lehnte sich dagegen. Lianen, Blüten, Orchideen, uralte Moospolster und Schwämme krallten sich in die schorfige Borke. In den Fugen der Rinde erschienen winzige Harztropfen. Ishibashi flüsterte:

„Jetzt geschieht etwas . . . Besonderes."

Knarrend teilte sich ein Stück des Stammes, dessen Durchmesser mehr als zehn Meter betrug. Die Rinde faltete sich wie ein Vorhang nach den Seiten. Lianen und Ranken faßten nach Egharc und zogen ihn halb in den Baum hinein. Äste schüttelten sich, das Blattwerk raschelte, und die Lianen pendelten hin und her. In meinem Kopf breiteten sich scharfe Schmerzen aus, der Zellaktivator schien sich zu erwärmen; ich fühlte das Pulsieren. Ishibashi schwankte. Ich hielt ihn fest. Teile der Rinde schlossen sich um den Ara, zogen seine Arme und Beine auseinander, umgaben den Kopf wie ein Strahlenkranz. Er schien sich in eine Dryade zu verwandeln, in ein Baumwesen. Der Mutant ächzte. Ich verstand ihn nicht genau.

„Ich erfahre etwas von . . . Zelldruck, Turgor, von Membranen. Sie denkt an Strafe. Mehr an Veränderung. Hilfe . . . sie sucht im Körper von Asle nach . . . Ich weiß es nicht."

Er schwankte und sackte zusammen. Gleichzeitig riß die Beeinflussung des Aras durch Kitai ab. Egharc schrie, winselte und stöhnte. Seine Finger zwischen Moosbüscheln bewegten sich zuckend. Er blieb etwa eine Stunde lang in dem knarrenden Sarg stehen, und etwas in seinem Gesicht veränderte sich. Ishibashi kam wieder zu sich und beobachtete die Szene ebenso fasziniert und hilflos wie ich. Langsam sagte der Extrasinn: *Senoclypte will den herrschenden Zustand ändern. Nur ein Ara kann rückgängig machen, was andere Aras verbrochen haben.*

Ich hörte über uns ein scharfes Summen. Drei große Insekten, Hummeln oder riesige Wespen, näherten sich dem Ara, umschwirrten ihn und hockten sich auf seine Handgelenke und mitten auf die Stirn. Ich sah lange, haarfeine Stacheln, die sich in die Haut bohrten. Als die Tiere die Stacheln zurückzogen, hingen grün glitzernde Tröpfchen daran. Knarrend und ächzend öffnete sich der Spalt in der Rinde. Asle Egharc bewegte sich wie ein alter

Roboter und kletterte zu uns herunter. Seine Augen waren riesengroß im eingefallenen Gesicht. Als er sprach, war es, als habe er seinen Charakter völlig verändert, sei weise geworden oder besäße ein neues System der Werte. Seine geflüsterten Worte waren überraschend klar:

„Wenn ich nicht binnen eines halben Blütenwechsels das Gegenmittel großräumig über Bigwood absprühen lasse, sterbe ich viele Jahre lang unter Schmerzen. Das war die Botschaft der Pflanze. Ich bin ebenso infiziert – wie sie."

„Werden Sie tun, was Senoclypte will?"

„Ja, natürlich. Sie will nur wie andere Wälder auf anderen Welten sein. Nur Pflanzen im Wechsel zwischen Wachstum und Welken. Darf ich die Hilfe Ihrer Organisation erhoffen?"

„Selbstverständlich. Sind die Ableger auf Graymonde auch von Ara-Präparaten infiziert?"

„Nein. Präparate und Kontraindikationen stehen bereit."

Der Nukleus des Planeten beruhigte sich. Nichts bewegte sich mehr. Totenstille breitete sich aus, in der die Insekten schrillen Lärm vollführten. Sie kreisten um Egharcs Kopf, als wir den Wald verließen und ins Sonnenlicht hinaustraten. Der Ara blieb stehen und breitete unschlüssig die Arme aus.

„Was soll ich tun?"

Ich wies auf die OZYMANDIAS und winkte Asics Newlife. Wir gingen auf den jungen Ex-Zögling zu.

„Das ist Ihre Kontaktperson. Rave Sounder führt das Schiff. Er bringt den entführten Architekten dorthin, wohin er will, und fliegt Sie zu einer Ara-Welt oder einem Stützpunkt. Die OZYMANDIAS kann auch das Präparat, möglicherweise in Wasser gelöst, über Bigwood aussprühen. Ich bin sicher, Sie sind mit der lächerlichsten Strafe von euch allen davongekommen. Aber Finger weg von Graymonde! Ich hetze Sie und Ihre Helfer durch die ganze Galaxis."

Der Ara senkte den Kopf. Er sagte stockend:

„Es ist mir nicht mehr möglich, anderen Wesen wissentlich zu schaden. Senoclyptes pflanzliche Säfte kursieren in meinem Kreislauf. Ich bin ein Teil von Bigwood geworden."

Er nickte uns zu, schenkte Asics ein verlorenes Lächeln und ging aufs Schiff zu. Ishibashi und ich blickten uns schweigend und lange in die Augen. Er murmelte:

„In ein paar Jahren wird Senoclypte nicht mehr Menschen erziehen, prägen oder manipulieren. Aber was fangen Sie mit den vielen Zöglingen an, die hier leben?"

„Ich weiß es noch nicht. Wie ich Ihnen danke, weiß ich auch noch nicht; mir fällt schon etwas ein. Betrachten Sie bitte Ihren Einsatz auf Bigwood als beendet. Heute abend feiern wir ein stilles, bukolisches Fest unter den Schiffen." Ich grinste und zeigte auf die Sitzgruppen und Decaree, die sich im Bikini sonnte. „Letzte Besprechung. Die Zöglinge sollen selbst entscheiden, was sie wollen. Hierbleiben, auswandern, Holzhandel treiben und so weiter. Ich biete auf Graymonde Platz für hundertfünfzigtausend Leute mit entsprechenden Berufen. Aber das klärt sich alles erst in einigen Jahren."

Ich setzte mich zu Decaree. Sie schob die Sonnenbrille auf die Nasenspitze und lächelte mich an. Ich streichelte ihren Arm.

„Zufrieden mit dem Ausgang dieser Mission, Arkonide?"

„Ich kann es erst in einigen Monaten sagen. Vorläufig haben wir keinen Grund, auf Graymonde, Bigwood oder Lost Diamond zu sein. Zurück nach Quinto-Center. Später nach Terra."

Ich trank, schloß die Augen und lehnte mich zurück. Die Schurken waren tot oder unschädlich gemacht, ihre Organsiationen schwer angeschlagen, der Sklavenhandel mit Senoclypte-Individuen für alle Zeiten unmöglich, Graymonde wieder in Sicherheit – die USO hatte bewiesen, was sie konnte. Ich dachte wehmütig an Rico in der São-Miguel-Kuppel, das Historische Korps und das Miraclering-Zeichen in den Ruinen Graymondes. Alle Probleme, die eine schnelle Klärung erforderten, waren gelöst. Ruhig, in der Sicherheit der großen Organisation konnte ich, Punkt für Punkt, die weniger aufregenden Missionen planen, ausrüsten und starten. Ich begann mich auf die nähere Zukunft zu freuen. Zwischen den Raumschiffen jagten kreischende Vogelschwärme. Ich gähnte und wartete vergeblich auf einen sarkastischen Einwand des Extrasinns.

ENDE

Als PERRY RHODAN-Taschenbuch Band 356 erscheint:

Abstieg in die Tiefe

Es beginnt mit einem Alptraum – und endet im Grauen
Ein SF-Roman von ROBERT FELDHOFF

„Lisa schoß mit irrwitziger Geschwindigkeit durch die zwei Meter breiten Spalten. Es kam ihr vor, als habe sie jede Richtung mehrfach ausprobiert. Und trotzdem traf sie immer wieder auf die Schranke. In einer der Kurven ließ sie ihren Thermostrahler fallen. Die Waffe verglühte im blauen Leuchten. Konnte sie nirgendwo mehr hin? Ihr Herz klopfte wie wild, der Puls hämmerte schmerzhaft bis zum Hals hinauf. Der Dämon war erwacht. Von überall tauchten aus dem Boden die Krakenarme auf, schossen hoch, umfingen ihren Leib . . .“

Lisa Cunning leitet eine Abteilung in der ZORN-Körperschaft, dem größten privaten Forschungsunternehmen Terranias. Eines Tages findet sie heraus, daß in den Tiefen der Anlage sonderbare Dinge vorgehen. Der Fall gewinnt eine Dimension, mit der sie nie gerechnet hätte.

Ein Roman aus dem Jahr 1170 NGZ.

PERRY RHODAN-Taschenbuch Nr. 356 in Kürze im Buch- und Bahnhofsbuchhandel sowie im Zeitschriftenhandel erhältlich.